Sou Karol Sevilla

UNIVERSO DOS LIVROS

© 2017 Disney Enterprises, Inc.
Todos los derechos reservados.

© 2017, Grupo Editorial Planeta S.A.I.C.
Publicado bajo el sello Planeta®
Independencia 1682 (1100) C.A.B.A.
www.editorialplaneta.com.ar

© 2017 by Universo dos Livros
Todos os direitos reservados e protegidos pela Lei 9.610 de 19/02/1998.

Nenhuma parte deste livro, sem autorização prévia por escrito da editora, poderá ser reproduzida ou transmitida sejam quais forem os meios empregados: eletrônicos, mecânicos, fotográficos, gravação ou quaisquer outros.

Créditos da edição original

Edição
Alejandra Procupet

Colaboração
Nahir Di Tullio

Correção
Teodora Scoufalos

Desenho de capa e miolo
Carolina Cortabitarte

Fotografia de capa
Martín Lucesole

Fotografias de miolo
Martín Lucesole/Arquivo-pessoal Karol Sevilla
Alejandro Vieytes
Daniel Kvitko

Retoque digital
Karina Saavedra
Guillermo Miguens

Créditos da edição brasileira

Diretor editorial
Luis Matos

Editora-chefe
Marcia Batista

Assistentes editoriais
Aline Graça
Letícia Nakamura

Tradução
Leonardo Castilhone

Preparação
Eloise De Vylder

Revisão
Guilherme Summa
Monique D'Orazio

Arte
Aline Maria
Valdinei Gomes

Dados Internacionais de Catalogação na Publicação (CIP)
Angélica Ilacqua CRB-8/7057

S526s

Sevilla, Karol, 1999-
 Sou Karol Sevilla! / Karol Sevilla, Eugenia Blanco ; tradução de Leonardo Castilhone. -- São Paulo : Universo dos Livros, 2017.
 152 p. : il., color.

 ISBN: 978-85-503-0149-5

 Título original: Soy Karol Sevilla

 1. Atrizes - Biografia 2. Cantoras – Biografia
 I. Título II. Blanco, Eugenia II. Disney Channel III. Castilhone, Leonardo

17-0898   CDD 927

Sou Karol Sevilla

Passe as páginas rapidamente e você vai me ver dançando no meu **flipbook**, abaixo, na margem direita.

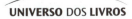

Bem-vindos ao meu livro e à minha história

Acho que todos que estão aqui, lendo estas palavras, me conhecem por *Sou Luna*. Mas aqui quero contar a vocês sobre a Karol, ou seja, eu.

Meu nome completo, o verdadeiro, o que está na minha certidão de nascimento, é Karol Itzitery Piña Cisneros. **No entanto, escolhi Karol Sevilla** como nome artístico, **em homenagem a Berta Sevilla, minha avó materna,** que foi a primeira a descobrir minha veia artística e quem me apoiou em tudo isto. Já, já, falarei mais sobre ela.

MINHA AVÓ, BERTA SEVILLA.

Nasci na Cidade do México, no Hospital Troncoso, numa **quarta-feira, 9 de novembro de 1999,** às 19h30. Portanto, **sou do signo de Escorpião** (cuidado comigo, hein?).

Durante a gravidez, minha mãe precisou ficar na cama fazendo repouso, mas o parto foi fácil, ainda que por cesariana.

Ela disse que, logo que nasci, eu era muito pequena e tão rosada e branca que ela perguntou ao médico por que eu tinha aquela cor. Meu irmão, ao nascer, não tinha nada a ver comigo: ele era e é bem moreninho. O médico disse a ela que eu seria **"uma galeguinha"**, que é como as pessoas de pele clara são chamadas no meu país.

Até os quatro anos, **morei em Las Granjas, no México,**

7· Bem-vindos!

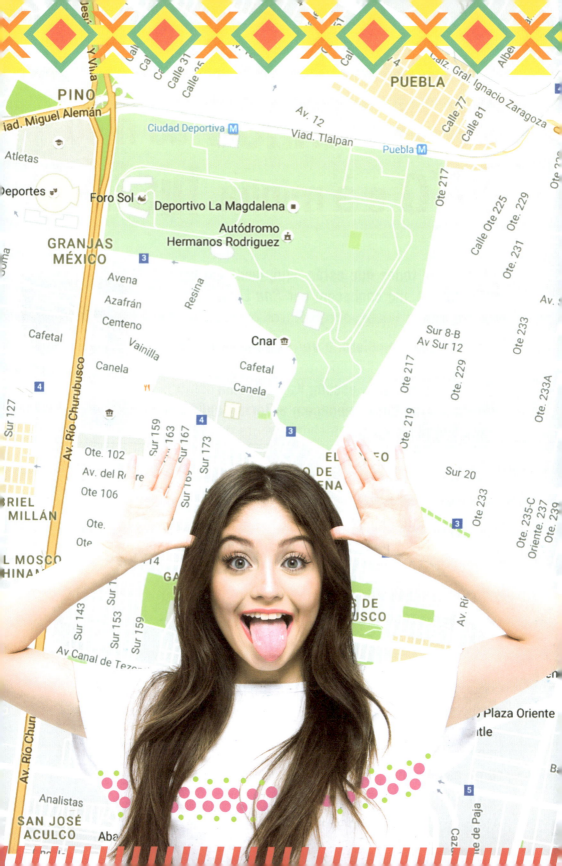

e depois me mudei para a **Colônia Agrícola Oriental**, que faz parte do distrito de Iztacalco, que está dentro da Cidade do México. Morei lá até 2015, quando me mudei para a Argentina.

Diabinha

Vamos ao que interessa, ou, pelo menos, ao que imagino que possa interessar vocês: **como era a Karol quando era mais nova? Um desastre!**

Essa é a verdade. Eu era muito **hiperativa, levada, irrequieta, exatamente como ainda sou!**

Completamente o oposto do Mauricio, meu irmão. Ele era muito tranquilo. Qualquer coisa que a minha mãe mandava, ele a obedecia. Por outro lado, eu fazia tudo ao contrário. Às vezes, não tinha limites nem noção de nada. Se eu colocava na cabeça que queria fazer alguma coisa, eu ia lá e fazia. Também não era nenhuma rebelde; era mais desobediente mesmo, basicamente porque eu **queria brincar e me divertir a toda hora.**

Eu tinha muitos brinquedos, mas quando pegava um, costumava me "apaixonar" por ele e, por algum tempo, não o largava. Tinha um pato que eu chamava de **"Paum"**. Um nome um pouco incomum, não acham?

Além de brincar, parece que eu também gostava muito de comer. Embora **eu sempre tenha sido tamanho pequeno, ou PP,** quando era bem novinha, eu comia muito, mas só as coisas que eu gostava.

Nisso eu não mudei quase nada: se quiserem que eu coma algo que não experimentei, podem esquecer! Não como de jeito nenhum. Desde pequena que sou assim. Vocês acham que pareço mimada? Bom, nem tanto.

"SEMPRE TEVE UMA PARTE DELA QUE CHAMAVA MUITO A ATENÇÃO."

CAROLINA
(MÃE DE KAROL)

9 • Bem-vindos!

Venho de uma família muito trabalhadora. Minha avó tinha um restaurante, e os meus tios são *"taqueros"*. O que no México quer dizer que eles vendem tacos em bancas de comida de rua.

Por isso, adivinhem só qual é o meu prato favorito...

TACOS! Sim, senhor. Também gosto de enchiladas e adoro feijão.

PRIMEIRO SEGREDO DE INFÂNCIA A SER REVELADO: Tomei "mamila" (mamadeira) até os seis anos. Shhhh!!!

Na lista das comidas que eu não gostava, e continuo não gostando, estão cogumelos e torresmo. Também não sou muito fã de carnes. No México, eu comia muito pouco. Não chegava a ser vegetariana, mas estava quase lá. Minha mãe às vezes trapaceava e colocava frango ou presunto nas *enchiladas*.

Quando cheguei à Argentina, me convidaram para ir a um churrasco. A verdade é que, logo de cara, eu não queria experimentar e acabei comendo à força, mas, surpreendentemente, eu gostei! **Meu primeiro churrasco foi em Navarro, e agora eu como sem frescura.** De vez em quando, também como hambúrgueres e adoro carne de porco, porque é muito saborosa.

Verduras e legumes, por outro lado, eu adoro! E gosto mais de água do que sucos ou refrigerantes.

No jardim de infância

Sabem do que eu mais gostava no jardim de infância? **Participar de eventos escolares, ou festivais**, como os chamamos no México. **Eu participava de todos os festivais, os meus e os dos outros.** Só para dar um exemplo: quando eu estava no jardim de infância e meu irmão Mauricio, no primário, ele fazia parte do que se chamava de "Banda Militar", e eu entrei para tocar tambor.

Lá estava eu de "arroz de festa"! Sabem o que isso quer dizer? Arroz de festa é uma expressão que se usa para dizer que a pessoa comparece a tudo. Em países como a Argentina, chamam de "bicão". Se houver uma festa, lá está a pessoa; um encontro qualquer, lá está ela.

O jardim de infância que frequentei se chamava Leandro Valle, e estive por lá, fazendo poucas e boas, dos quatro aos seis anos de idade. Era minha avó, minha mãe ou meu pai que me levavam, e eu ficava lá sem problemas, desde o primeiro dia. Eu gostava muito dessa escola. Tanto que, quando vinham me buscar, eu sempre enrolava brincando ou conversando, principalmente com os meninos. Eu era, como se diz hoje em dia, bastante "moleca".

Na hora de brincar, eu me enturmava com qualquer um: se os meninos estivessem jogando futebol, eu jogava. Da mesma forma, se as meninas estivessem brincando de bonecas, eu brincava.

Quando saía da escola, nove em cada dez dias eu estava um completo desastre: **toda imunda e descabelada.** O uniforme era cinza-escuro, mas todos os dias eu tinha que trocá-lo.

Com relação aos amores que todos dizem ter na infância, tenho também que confessar uma coisa: acho que nenhum menino gostava de mim no jardim, e não tive nenhum namoradinho.

DE OLHO NA KAROL!

Quando eu era bem nova, ia ao restaurante da minha avó, colocava o meu aventalzinho e limpava os pratos e as mesas. Eu também levava os pratos aos clientes e eles me davam gorjeta. Eu preferia receber moedas a notas, porque achava que elas valiam mais.

Fiquei tão acostumada com isso que, às vezes, quando íamos comer tacos em outra *taqueria*, sempre que eu passava pelas mesas, eu pegava a gorjeta, porque acreditava que tinha sido deixada ali para mim. Por conta disso, meus primos gritavam para mim: "Nããão!", e quando íamos comer fora, sempre me diziam: "De olho nessa menina. Cuidado que ela leva as gorjetas."

Nasce uma estrela

Existe uma frase que diz o seguinte sobre uma pessoa: "pau que nasce torto, morre torto". E, quanto a mim, isso se aplica perfeitamente. **Desde que me lembro, sempre gostei de cantar e atuar. Chamar a atenção!**

Não sentia vergonha de nada: dançava, falava sem parar e, embora ninguém me entendesse, eu também cantava.

13· Bem-vindos!

DESDE QUE ME LEMBRO, SEMPRE GOSTEI DE CANTAR E ATUAR. CHAMAR A ATENÇÃO!

O gene artístico não está na família. O único parente que tem algo a ver com isso é o meu pai, que é um pouco boêmio. Ele gosta de tocar violão e canta lindamente, mas só em festas da família, como hobby. Ele nunca se dedicou profissionalmente.

Nessas festas, eu sempre cantava uma música típica do México, que a minha avozinha adorava. A letra dizia:

"E o que houve? Uma vez que se esqueceu com quem você se foi."

O curioso foi que, **quando ela faleceu – eu tinha seis anos –, cantei essa música. E no dia seguinte, eu quis cantar de novo, mas não me lembrava da letra!** Eu tinha esquecido completamente. Tive uma espécie de branco e não me lembrei dela por muito tempo. **Até que um dia a escutei na rádio e foi muito emocionante.**

Mas chega de histórias tristes ou sentimentais, porque isso não reflete como eu era quando pequena. Basicamente, era uma menina muito engraçada e muito diferente das minhas primas.

15· Bem-vindos!

Meu personagem favorito quando era bem novinha era Dora, a Aventureira. Eu adorava. Dora era o máximo! Qual era o seu?

Pesadelos infantis

Se eu continuar assim, sendo tão extremamente sincera, escrever este livro vai me deixar em maus lençóis. Já contei que tomei mamadeira até os seis anos, que nunca prestava atenção em nada e, agora... **Tcham! A terceira revelação!**

Entre as coisas que eu não gostava de fazer quando era pequena, tinha uma que ganhava de todas: tomar banho!

Eu fugia da água como um gato. Só de ouvir o som da água caindo do chuveiro eu já saía correndo de perto, voando! Cada vez que minha mãe soltava a frase "Karol, já para o banho", **eu me escondia debaixo do sofá ou inventava qualquer desculpa para não ir.**

A meu favor, posso dizer que eu colaborava bastante com as tarefas de casa. Minha querida avó, quando eu tinha quatro ou cinco anos, não me lembro exatamente, me deu de presente um avental, uma escovinha, uma pá e um balde... O kit completo! Então, **eu andava varrendo a casa inteira, 24 horas por dia.**

Assim melhorou, não acham?

17· Bem-vindos!

Histórias de família

Quando eu era pequena, minha mãe era quem impunha as regras e colocava ordem na casa. Toda vez que ela me dizia alguma coisa de que eu não gostava, eu corria logo para os braços do meu pai, Javier, que era muito protetor comigo, muito carinhoso e sempre me mimava.

De qualquer forma, a relação tanto com minha mãe quanto com meu pai sempre foi muito boa.

Eles estão juntos faz 23 anos. Como eu já disse, somos uma família trabalhadora, por isso mesmo, às vezes, quando era criança, eu queria coisas que eles não podiam comprar para mim. Entretanto, **meu pai** sempre procurava me dar tudo o que podia, e se eu queria algo em especial, tratava de comprar logo.

Ele trabalha como cozinheiro na Previdência Social, em uma creche para bebês. Entra às seis da manhã e sai às duas da tarde. E quando sai de lá, trabalha como encanador e eletricista. É super-responsável e muito esforçado. Além do mais, **cozinha como ninguém!**

Meu pai se sente orgulhoso de mim e, no México, fica se gabando de mim com todo mundo; mal conhece alguém, vai logo dizendo: **"Minha filha é a que aparece na televisão".** Eu agradeço especial e infinitamente o apoio dele para que a gente esteja em outro país, realizando os meus sonhos.

TODA VEZ QUE MINHA MÃE ME DIZIA ALGUMA COISA DE QUE EU NÃO GOSTAVA, EU CORRIA LOGO PARA OS BRAÇOS DO MEU PAI!

MINHA MÃE É TUDO PARA MIM, É A COISA MAIS IMPORTANTE QUE JÁ TIVE E TEREI.

Minha mãe, Carolina, é dona de casa e o maior exemplo de bondade e carinho. É ela quem põe meus pés no chão, que se encarrega de sempre me lembrar que isto é um trabalho e que devo ser responsável, independentemente do fato de eu amar o que faço. Por isso, **no *set*, posso ser Luna Valente, ou qualquer papel que esteja interpretando, mas em casa tenho que colaborar com as várias tarefas:** limpar a mesa, arrumar a cama e fazer todas essas coisas que "meninas normais" fazem.

Ela mora comigo na Argentina, me acompanhando enquanto gravamos *Sou Luna*, sempre de forma incondicional. Minha mãe é o meu motor, e devo toda minha carreira a ela.

Ela me aconselha, dá broncas e também é aquela que me abraça. Juntas, sempre rimos muito, pois ela é muito divertida, apesar de às vezes não parecer, já que tem cara de brava (por conta disso, falamos que ela é **"a senhorita rabugenta"**).

Minha mãe é tudo para mim, é a coisa mais importante que já tive e terei. **Por essa e muitas outras coisas, é a melhor mãe de todo o mundo!**

SENHORITA RABUGENTA

Imagino que graças ao apelido que coloquei nela, nos meus vídeos do YouTube, nas redes sociais, todos os que me seguem conhecem minha mãe como a "senhorita rabugenta". É que ela é um pouco-bastante rígida com todo mundo. Principalmente comigo.

Minha referência e meu super-herói

Meu irmão Mauricio e eu, como já mencionei anteriormente, **somos muito unidos.** Ele é seis anos mais velho que eu e sempre foi muito protetor comigo. Ele cuida muito de mim e me ensinou várias coisas.

Mauricio estuda Nutrição no México e é muito sério, tanto que às vezes parece estar irritado! É totalmente o oposto de mim: é tímido e sente vergonha de falar com as pessoas. Se ele não te conhece, não falará com você.

Eu o vejo e penso que gostaria de ser como ele: tranquilo, organizado, bom moço.

É um rapaz muito compreensivo e carinhoso. Temos uma comunicação incrível: conto tudo o que acontece comigo e, se me sinto mal, corro para ligar para ele (às vezes até chorando). **Meu irmão me tranquiliza, me escuta e me dá conselhos; ele me ajuda a saber o que é certo e o que é errado.**

Quando éramos crianças, costumávamos brincar com jogos de tabuleiro e com os bonecos dele. Também houve um período em que jogávamos muito Xbox (mas muito mesmo!). Eu sempre escolhia o jogo e ele aceitava numa boa.

O Mauricio **não gosta de falar que sou irmã dele,** porque diz que quer ter amigos verdadeiros, não falsos.

Tem uma história que descreve bem isso de "me negar". Hahaha!

Uma vez, ele fez uma reunião em casa com os amigos de escola, e eu, que naquela época fazia teatro, cheguei um pouco antes do previsto. Mauricio me pediu, por favor, que eu ficasse no meu

21· **Histórias de família**

quarto e, se eu precisasse de alguma coisa, era para gritar que ele viria até mim, mas era importante que eu não saísse. Foi o que eu fiz. Porém, mais tarde, minha mãe chamou para comer e eu me esqueci do que meu irmão havia dito, então saí do quarto. Quando uma de suas amigas me viu, ela disse: **"Mauricio, sua irmã é a que aparece na televisão, por que você não falou? Quero tirar uma foto com ela"**.

Meu irmão ficou muito bravo. Ele não tinha dito a ninguém que eu era sua irmã!

Embora esteja claro que ele não gosta de contar que sou atriz, quando estou no México, ele sempre vem me ver nas estreias das peças de teatro e aparece nos meus momentos mais importantes. **Amo você, mano!**

OUTRO SEGREDO A SER REVELADO

Sou hiperciumenta! Muito, muito, muito. Principalmente com a minha mãe e meu irmão, sou até demais. Quando ela fala para ele, por exemplo, "Ai, meu bebê", eu, em seguida, fecho a cara e digo que ele não é nenhum bebê, que já está bem grandinho, essas coisas.

Também sou assim com as minhas amigas. Se minha amiga Vicky põe uma foto de perfil do WhatsApp com outra amiga, já a repreendo: "Quem é ela?". Sou 80% ciumenta. Vocês acham que isso é muito?

Por amor a Ángelo

Meu pai, atualmente, mora no México com meu meio-irmão Ángelo, que tem 24 anos. Ele é filho do relacionamento que meu pai teve com outra mulher, antes de conhecer minha mãe. Ángelo tem paralisia cerebral. Quando éramos pequenos, nós não tivemos contato, embora meu pai sempre tivesse cuidado dele. Há alguns anos, Rosa, a mãe do Ángelo, faleceu. Por isso desde então ele mora com a gente.

Ángelo fica na cadeira de rodas, não fala e entende muito pouco. Mesmo assim, **tenho muito boas recordações dele, dessa época que vivemos juntos.** No início, foi um pouco difícil para todos, porque nós estávamos acostumados a ser quatro pessoas e, com a chegada dele, as coisas mudaram muito: os gastos, os cuidados e inclusive foi preciso fazer uma reforma na casa.

Mas foi ótimo recebê-lo e nos adaptarmos, e pouco a pouco todos nós aprendemos a conviver melhor. **Para brincar com ele, eu fazia tranças em seu cabelo, penteava e fazia cachinhos,** ou então colocava prendedores de roupa no babador e na cadeira de rodas. Ele se irritava, também de brincadeira, porque não os queria. Ángelo fazia de tudo para tirá-los e percebemos que aquele era um bom exercício para ele. Eu também punha o karaokê e começava a cantar, e meu irmão tapava os ouvidos e dizia "lalalala", mas quando eu parava, ele morria de rir.

Nós nos amamos muito e a verdade é que sinto muita saudade dele.

EU TAMBÉM PUNHA O KARAOKÊ E COMEÇAVA A CANTAR, E MEU IRMÃO TAPAVA OS OUVIDOS E DIZIA "LALALALA".

23 · **Histórias de família**

QUANDO BRINCAVA COM MINHAS PRIMAS, EU AS VESTIA COMO BONECAS.

Brincadeiras com as primas

Comecei a trabalhar ainda muito nova, e isso me fez ter pouco tempo para brincar e também ter poucas amigas, já que muitas meninas pensavam que eu "me achava". No primário, inclusive, sofri um pouco de *bullying* por conta disso.

Então, **sempre convivi muito com minhas primas Montse, Paulina, Karen e Anita.** Quando tinha tempo livre, ficava um ou dois dias na casa delas, ou elas vinham brincar na minha.

Eu as fantasiava e as vestia como bonecas. A gente também **se maquiava e calçava os sapatos de salto alto da minha mãe.** Como sempre fui muito magra e pequena, e minhas primas eram maiores, minhas roupas ficavam muito justas nelas, mas eu as fazia usá-las assim mesmo para poder brincar.

COM MINHAS PRIMAS MONTSE, PAULINA E KAREN.

25· **Histórias de família**

Com o tempo, como elas sabiam que minhas roupas as apertavam muito, começaram a vir para minha casa com uma grande mochila cheia de roupas delas.

A gente gostava de "brincar de secretária", então eu montava uma espécie de escritório e a gente fingia que estava ocupada ou que viajava o mundo, embora **todas as histórias, no final, sempre terminassem descobrindo que éramos irmãs.** Era muito bacana. Já até sabíamos as falas de cabeça.

Hoje, continuo tendo uma bela relação com elas; apesar da distância, a gente se comunica pelas redes sociais ou por telefone. **Uma coisa muito legal que elas me contavam era que, no colégio, as pessoas perguntavam se a prima delas era a Karol, esse tipo de coisa. Às vezes, as amiguinhas não acreditavam nelas e diziam que eram mentirosas.** Então, elas choravam porque eu sou mesmo prima delas.

SEGREDO DE INFÂNCIA A SER REVELADO 2
Quando chegava a hora de recolher as roupas das minhas primas, antes de elas voltarem para casa, sempre perdiam as meias. SEMPRE. E, quando as encontrava, eu as guardava e não devolvia. Não sei por quê! Será algo psicológico?

Desde que comecei minha carreira, minha vida mudou e nunca tenho tempo suficiente para ficar com a minha família. Começou a acontecer o seguinte: quando havia festas, eu, muitas vezes, precisava ir embora cedo, porque no outro dia tinha espetáculo, gravação ou qualquer coisa do tipo. Isso porque eu adoro festas!

Por tudo isso, dou um enorme valor à oportunidade de estarmos todos juntos. **E o melhor da minha família é que eles aceitam o que eu faço** e continuam me tratando da mesma forma.

Da última vez que **viajei para o México,** íamos também ao aniversário de 15 anos da minha prima Montse. Então, antes de embarcar, pedi a elas por WhatsApp que, por favor, me tratassem como Karol, uma menina normal, não uma atriz. Queria aproveitar para ficar com todos, alguns até que eu não via há muito tempo.

Finalmente, **cheguei à festa e curti demais. Pude ver todo mundo.** Inclusive meu avô, de quem eu sentia muita saudade! Esse contato com meus parentes queridos me fez perceber onde estou e agradecer todas as coisas boas que estou vivendo.

27· **Histórias de família**

Minha pessoa favorita

PARA MIM FOI ESPECIAL SENTIR ESSA CUMPLICIDADE COM MINHA AVOZINHA.

Amo muito toda a minha família. Mas **a pessoa mais querida, sem dúvida, era minha avozinha María Berta Hernández Sevilla**, mãe da minha mãe. Tenho muitas recordações com ela.

Como já disse, ela era empregada e, além disso, vendia comida para fora. Era uma pessoa muito lutadora e trabalhadora, que também me mimava muito.

Minha avozinha foi a primeira pessoa que me levou a um *casting* em segredo, sem que minha mãe soubesse de nada. Para mim, foi especial sentir essa cumplicidade.

Depois, ela me levou a outro *casting* para estudar atuação no Centro de Educação Artística da Televisa (CEA), e também não contamos à minha mãe. Mas, **a vida quis que, no mesmo dia em que minha avozinha morreu, me ligassem do CEA para dizer que eu havia sido selecionada** para começar a estudar, e foi assim que minha mãe soube de tudo.

Minha mãe, imediatamente, conversou com o pessoal do CEA para dizer que não tínhamos dinheiro, que não podíamos pagar uma escola tão cara porque tínhamos pago o velório e estávamos no zero. Mas o pessoal do CEA disse que não era uma escola paga, mas sim para que as crianças pudessem aprender a atuar.

Então, aos seis anos entrei para o CEA para estudar. **Num daqueles dias, tive um sonho e o contei para minha mãe. Disse que "Mamá Berta" (como eu chamava minha avozinha) tinha vindo me ver e me disse que eu seria uma artista muito famosa e que meu nome**

seria Karol Sevilla, em homenagem a ela. Por isso, coloquei o nome dela como nome artístico.

Dia 11 de outubro, o dia em que minha avozinha completaria 60 anos, gravei meu primeiro comercial. **A vida é assim: especial e feita de mágica!**

Na ocasião, pensei que se minha avozinha havia me apoiado e me colocado nessa, era porque realmente via algo em mim e queria que tudo aquilo acontecesse. **Foi com essas ideias e sentimentos que segui em frente neste caminho.**

29· Histórias de família

Amores caninos

Quando tinha seis anos, eu queria muito ter um cachorrinho, e por isso meu pai me deu de presente o **Doky, um chihuahua, que foi o cachorro mais lindo que já tive. Vivi muitas aventuras com ele.**

Doky era muito obediente. Ele passava o dia inteiro sozinho dentro de casa, porque quase nunca estávamos lá, mas, mesmo assim, ele se comportava muito bem. Rapidamente, ele se acostumou com o fato de que chegávamos tarde e saíamos cedo.

MANDEI FAZER CARTAZES COM A CARINHA DO DOKY E OS ESPALHEI POR TODAS AS RUAS. TODAS!

Certa vez, eu, minha mãe e minhas tias Araceli e Luz Elva saímos de férias durante 20 dias pelos estados do México. Quando faltavam uns cinco dias para voltar, meu pai falou com minha mãe e disse que **Doky estava desaparecido**. Minha mãe não quis me contar, mas minha tia Luz Elva acabou me falando sem querer. Quando soube, fiquei muito triste e quis logo retornar.

Nem bem cheguei, mandei fazer cartazes com a carinha do Doky e os espalhei por todas as ruas. TODAS! Nas portas, nas janelas, em toda parte.

Chorava muito mesmo, porque eu sentia muita saudade dele e sua ausência doía demais em mim. Eu **saía todos os dias para procurá-lo.**

Eu suspeitava de que estavam com ele numa casa perto da minha, até que um dia eu o ouvi latir. Fui correndo contar para minha mãe onde estava o Doky, mas ela não se convenceu.

Para piorar, **uma noite, passamos pela porta e eu comecei a chamá-lo, "Doky, Doky", mas ele não latiu, então minhas suspeitas não levaram a lugar nenhum.** Mesmo assim, eu continuava tendo certeza de que ele estava lá.

31- Histórias de família

Uns quatro dias depois, uma senhora que morava naquela casa me ligou para me falar que o havia encontrado, mas não queria devolvê-lo, porque ela já tinha se apegado e até havia colocado outro nome nele... **Mas o Doky era meu!**

Falei que se ela o devolvesse a mim, eu daria uma recompensa, e ela aceitou. Pagamos um bom dinheiro para recuperá-lo, acho que uns dois mil pesos, e ela nos fez pagar mais 500 porque tinha comprado uma coleira! **Eu estava disposta a pagar o que fosse para ter meu cachorro de volta.**

EM SEGUIDA, VEIO ABANANDO O RABO ATÉ MIM, E EU O ABRACEI MUITO FORTE.

Quando vi o Doky, ele estava com a coleira, coisa a que ele não estava acostumado. Em seguida, veio abanando o rabo até mim, e eu o abracei muito forte. Enquanto o levávamos na caminhonete da minha tia Érika, juro que caíram algumas lágrimas de seus olhinhos. **Acho que ele estava muito triste e muito contente ao mesmo tempo, por termos nos reencontrado.**

Quando chegou à nossa casa, parecia ainda estar muito cansado: a única coisa que ele queria fazer era ficar deitado, descansando do estresse que tinha vivido.

Doky voltou a se perder uns seis meses depois e nunca mais o encontramos. **Ele era muito especial para mim.** Quando ele escutava ao longe a moto do meu pai, já começava a latir. Na minha família, ele era como mais um filho.

Quando completei 15 anos, minha amiga Aisha me deu de presente a Malisa. Meu irmão colocou esse nome e, na verdade, acabou se apropriando dela. Malisa era um desastre, mordia tudo, nada a ver com o Doky. Passei muito pouco tempo com ela, porque depois vim morar na Argentina. Meu irmão Mauricio ficou com ela e me disse que agora ela se comporta bem melhor.

Todos juntos

A família da minha mãe é bem grande: tenho meu avozinho Antonio Cisneros, de quem gosto muito, cinco tios e 12 primos, com os quais eu mantenho bastante contato. Um dos mais próximos é o Jorge, o irmão mais novo da minha mãe, porque quando eu era pequena, ele morou com a gente por um tempo, e passávamos muito tempo juntos.

Meus tios Enrique (mais conhecido como Mundo) e Érika, **"Os Serratos"**, como nós os chamamos, também **me viram crescer e sempre me apoiaram**, assim como Leticia Hernández, que é prima-irmã da minha mãe. Leti se parece muito com a Mamá Berta e é muito alegre, igual à minha avozinha. Gosto demais dela e ela nunca falta a nenhum evento do qual eu participe.

Quando eu era pequena, o orçamento não permitia que saíssemos de férias todos os anos, porém **todas as vezes que podíamos, dávamos um pulinho em Acapulco ou Guadalajara com meus tios. E, uma vez por mês, íamos ao "Deserto dos Leões"**, que fica aproximadamente a uma hora da Cidade do México. Lá existe um grande bosque, com árvores altas, muito verde e lugares para comer coisas típicas, como *quesadillas* e *enchiladas*.

33· Histórias de família

Era maravilhoso chegar para tomar o café da manhã com *quesadillas* e *café de olla*, ficarmos passeando durante o dia, porque havia motos, cavalos e podíamos caminhar pelo bosque.

Depois, quando comecei a trabalhar no teatro, era mais difícil fazer esse tipo de plano, porque sextas, sábados e domingos tinha espetáculos ou me chamavam para gravar. Também começou a ser muito complicado ir aos aniversários e às festas familiares.

Trabalhei todos os fins de semana durante quase três anos. Era um pouco cansativo.

Esse pode ser o lado ruim de tudo isso que gosto de fazer: não poder dedicar tanto tempo à família, faltar a aniversários ou reuniões importantes. Apesar disso, pouco a pouco, ando encontrando um modo de equilibrar todas essas questões, e todos na minha família, aliás, sabem que os amo com todo o meu coração.

TODA MINHA FAMÍLIA SEMPRE ME APOIOU MUITO.

MEU PRIMEIRO AUTÓGRAFO

Quando fiz *A noviça rebelde*, meu primeiro trabalho musical, meu tio Mundo me pediu que autografasse o bilhete do estacionamento. Logo em seguida, ele me disse: "Este autógrafo, daqui a um tempo, vai valer muito dinheiro, porque você vai ser muito, muito famosa". Eu autografei o papel e ele o guardou na carteira. Em julho de 2016, quando estive no México, perguntei a ele se ainda tinha o autógrafo. Ele me respondeu que sim, que continua guardado em sua carteira e que anda com ele para todo canto.

No começo

Assim que comecei a trabalhar, quase tudo o que ganhava eu investia em escolas de arte, onde fazia aulas de canto, sapateado e interpretação, ou pagava alguns dos gastos para ir às audições com a minha mãe de metrô.

Foi uma época de muito sacrifício e aprendizagem, mas **não me arrependo de ter passado por tudo isso, porque, caso contrário, não teria a sorte de atuar.** Aquilo também me ajudou a valorizar o que eu tinha e o que tenho agora, especialmente o esforço de todos na minha família.

Atualmente, por exemplo, estamos vivendo separados, por isso, é um esforço diferente e não só meu, mas também da minha mãe, do meu pai e do meu irmão. **Porém, eles me acompanham, dão apoio e, como dizem por aqui, "me bancam em todas"!**

PRESENTES COM ASAS

Para compensar tudo isso que fazem por mim, eu gostaria de levar minha família a todos os países que eles gostam ou queiram conhecer. Por exemplo, que meu irmão volte a Veneza, meu pai vá a Roma e minha mãe, para a Colômbia, que é onde ela quer ir. Em breve o farei... prometo!

Feliz aniversário!

Já contei a vocês que eu adoro comemorar meu aniversário e que me deem os parabéns? Pois é, eu amo, então vocês já sabem. Gosto tanto que lembro a todos que o esquecem.

Todas as vezes que me cantam as *mañanitas*, uma canção mexicana tradicional de aniversário, eu choro, fico muito emocionada. Sabem a letra? Aí vai:

35· Histórias de família

Estas são as mañanitas que cantava o rei Davi,
Hoje por ser dia de seu santo, nós as cantamos aqui.
Desperta, meu bem, desperta. Veja que já amanheceu,
Os pássaros já estão cantando. A lua já se escondeu.

Tenho um ritual em todos os aniversários: **amo me jogar sobre o bolo, mas eu sozinha!**

A primeira grande festa que pude realizar foi aos sete anos. Esbanjei até dizer chega! Comemorei em um parque e me vesti de Fada Sininho. A festa saiu um pouco do controle, porque havia convidado muitas pessoas, que felizmente compareceram.

A todos os que eu entregava um convite, eu dizia: **"Estou convidando você para minha festa, mas se vier, precisa trazer um presente".** Cheguei até a pensar em colocar um policial para que não deixasse entrar quem não trouxesse presente! Por isso, todos chegaram com presentes. No final do dia, havia três sacos grandes cheios.

Além disso, pedi para minha mãe **um bolo para me esparramar sobre ele,** então ela comprou dois: um para comer e outro menorzinho. Mas, nesse dia, ela se esqueceu do menorzinho, então me joguei sobre o grande mesmo.

A partir daquele ano, comecei a festejar meus aniversários do jeito que eu queria, apesar de nunca termos muito tempo. Por conta disso, minha mãe falava para minha tia Érika Serratos qual dia eu teria livre, e ela organizava minhas festas numa semana. **Às vezes, dizia a ela que tinha convidado umas cem pessoas e chegavam duzentas...!**

Aos nove anos, usei uma fantasia de Smurfette e, quando estava gravando a novela *Amorcito corazón*,

NO MEU ANIVERSÁRIO, AMO ME JOGAR SOBRE O BOLO.

comemorei com todos no *set*: fizemos *tacos de canasta* e levei um bolo (também me joguei sobre ele!).

Para meus 15 anos, eu queria fazer uma superfesta, mas tinha muito trabalho. Por isso, minha tia Érika também organizou a festa, que foi em um boliche, e **eu usei um vestido rosa de debutante.**

Em meus aniversários, quase sempre estou trabalhando, por isso que, às vezes, faço algo menor. **O de 16 anos, festejei com todos no *set* de *Sou Luna*** e levei uma grande tábua de frios para compartilhar.

Entre os meus convidados, é comum ter mais amigos do que familiares; muitos são adultos, gente que vou conhecendo no teatro ou na televisão, e outros com quem vou fazendo amizade.

Espero **poder comemorar os 18 anos em grande estilo.** Quando estive no México, dei algumas ideias para a minha tia Érika, para que ela tenha tempo de organizar com calma. Ela concordou com tudo, mas me advertiu que é preciso fazer convites, para que não saia do controle, como aconteceu tantas outras vezes.

Minha avozinha sempre nos dizia que tínhamos que trabalhar, lutar pelo que queríamos e ser gratos com as pessoas.

Ela me lembrava sempre que, quando tivesse trabalho, tinha que tratar todos igualmente, porque todos somos iguais. Isso me marcou para sempre. Aprendi muito e carrego aquilo sempre comigo.

Penso que todos nós somos importantes: desde o senhor da limpeza até o superchefe. Somos humanos, temos todos o mesmo valor. Por isso, trato todos da mesma maneira e sou grata.

As luzes se acendem

A primeira vez **que fiquei diante de uma câmera para trabalhar** foi para fazer um comercial de televisão. Tinha seis anos. O comercial foi rodado em Cuernavaca, para o governo do Estado de Morelos, e era sobre o Natal. **Lembro que estava muito nervosa e ansiosa por poder atuar.**

Às cinco da manhã, minha mãe e eu subimos na caminhonete que nos levou para Cuernavaca, onde ficava o *set* de gravações, a uma hora e meia da Cidade do México, e às nove já estávamos nos preparando para o comercial.

Eu estava só começando, então, nem minha mãe nem eu **fazíamos ideia de nada,** naquele mundo que era completamente estranho para nós.

Além disso, eram tempos difíceis, por isso minha mãe não levava mais que vinte pesos para voltarmos para casa.

Algumas horas haviam passado desde nossa chegada e já estava na hora de comer alguma coisa, então vimos que começaram a servir o café da manhã. Tinha de tudo: petiscos, frutas, pães... **de tudo!**

Falei com a minha mãe que eu queria comer alguma coisa, mas ela me disse que não tínhamos dinheiro. Em virtude disso, quando se aproximavam e nos perguntavam se não íamos comer, eu dizia "não, obrigada", assim como minha mãe.

39· As luzes se acendem

Quando nos levaram ao trailer, voltei a dizer para minha mãe que estava com muita fome e, como uma das atrizes tinha deixado um pão e um pouco de leite, minha mãe falou que aproveitasse para comer.

Eu disse que era de uma senhora, que eu sentia vergonha, mas, mesmo assim, não pensei muito: comi o pão e tomei o leite.

Pouco depois, quando já estavam fazendo a maquiagem, a senhora veio perguntar se não tinha deixado seu pão por lá, e tivemos que dizer que não.

Mais tarde, trouxeram frutas e salgadinhos para que comêssemos e, **apesar de todos estarem comendo, eu recusava.**

Quando chegou a hora da refeição, novamente se aproximaram para nos convidar, então minha mãe, inocentemente, perguntou: "Quanto custa?".

O senhor que estava oferecendo disse apenas: **"Nada, senhora. Podem se servir à vontade. Faz parte do serviço de alimentação do comercial".**

EU ESTAVA SÓ COMEÇANDO, ENTÃO NÃO FAZÍAMOS IDEIA DE NADA.

A primeira vez

Era nossa primeira experiência e não tínhamos ideia de que ofereciam comida o tempo todo, e tão boa! Estávamos morrendo de fome, com a tentação diante dos nossos olhos e não tínhamos comido nada.

Quando perceberam o que tinha acontecido, todos ficaram muito comovidos, porque não tínhamos comido nada durante toda a manhã, e, **de tempos em tempos, nos ofereciam de tudo: salgadinhos, frutas, café, pães.** Para compensar o vazio que havíamos sentido por tantas horas, enchemos a barriga para valer; depois almoçamos fartamente como todo o pessoal do *set*. Uma maravilha.

O dia foi longo e desgastante. Quando finalizaram as gravações, me pagaram em dinheiro vivo. Deram à minha mãe o dinheiro num envelope. Era algo como três mil pesos. Ela ficou emocionadíssima com meu primeiro pagamento. **Nós nos sentíamos ricas!** Minha mãe me disse: "Veja, Karito, tudo o que pagaram para você". **Foi algo do tipo "noooooossa!".**

Agora sabemos que nas filmagens existe um serviço de bufê e que se pode comer o que quiser. Sempre que vamos a uma gravação e notamos que tem alguém que chegou ali pela primeira vez, minha mãe sempre avisa a pessoa que pode comer. Por via das dúvidas, achamos melhor avisar para que não lhes aconteça o que nos aconteceu naquela vez, já que ninguém explica como funciona.

Naquele dia em que gravei meu primeiro comercial, minha avozinha teria completado 60 anos. Foi ela quem me inscreveu para concorrer ao comercial. Então consegui o papel e gravei, justo no dia do aniversário dela. **Às vezes me pergunto se foi uma coincidência ou uma mãozinha dela fazendo um sinal de positivo para mim.**

41· As luzes se acendem

Talentos

Desde pequena, eu já cantava, dançava e atuava. Adorava fazer as três coisas. Até hoje, não consigo colocá-los em ordem de preferência, porque amo cantar, atuar e dançar da mesma forma.

É uma coisa que costumam me perguntar, e sempre respondo que cada disciplina possui sua dificuldade e é totalmente diferente da outra. Bom, no entanto, se eu tivesse que optar, escolheria fazer teatro. Por quê? **Porque no teatro posso fazer tudo ao mesmo tempo: cantar, atuar e dançar**, as três coisas que eu adoro. Amo atuar e, sobretudo, interpretar papéis dramáticos. Afinal de contas, sou mexicana!

Aos seis anos, comecei a fazer aulas no Centro de Educação Artística da Televisa (CEA), onde ensinavam canto, dança e interpretação.

Na época, eu estava **fazendo um "extra" em** *Vila Sésamo*, então uma senhora chamada Lili Garza, a diretora do Centro, aproximou-se

DESDE PEQUENA, EU JÁ CANTAVA, DANÇAVA E ATUAVA.

para me dizer que haveria uma seleção na qual escolheriam crianças para entrar para o CEA infantil. Minha avozinha Berta forneceu a ela todos os meus dados, e me informaram o dia em que se realizariam as provas na Televisa.

AMO ATUAR E, SOBRETUDO, INTERPRETAR PAPÉIS DRAMÁTICOS. AFINAL DE CONTAS, SOU MEXICANA!

Foram três árduas etapas: na primeira, estavam todas as meninas, sem nenhuma filtragem. Depois, houve uma audição para as pré-selecionadas e, por último, somente as meninas selecionadas para entrar no Centro.

Na primeira, tivemos que cantar e me lembro de **ter cantado uma música de que minha avozinha gostava muito.** Depois veio a atuação, e fizemos uma cena feliz e outra triste, na qual tínhamos que chorar.

Na segunda etapa, fiz uma cena de uma menina com uma bola. A menina estava em um parque e brincava com sua bola, até se dar conta de que estava sozinha e tinha que encontrar uma saída. **Era preciso mostrar as diferentes emoções de um ator.** Também fizemos um pouco de dança improvisada.

Na última etapa, já nos deram cenas que deveríamos decorar.

Como já mencionei, quando ligaram para avisar minha mãe que eu tinha entrado para o CEA, estávamos no velório da minha avozinha. Foi **uma mistura estranha de sentimentos dentro de mim: por um lado, a recente perda da Mamá Berta e, por outro, a imensa alegria de poder começar a crescer nesta carreira,** algo com que minha avozinha estaria mais do que feliz.

43· As luzes se acendem

Encontro com a voz

Aos sete anos, fui selecionada para fazer o papel de Gretel em *A noviça rebelde*, que foi minha primeira comédia musical.

Nesse trabalho conheci Angie Vega, que fazia o papel da Irmã Berta, uma freira muito rígida e rabugenta. Ela era uma atriz de muita experiência e, além disso, dava aulas em sua escola de arte, onde ensinavam canto, sapateado, jazz e atuação.

Eu cantava muito, muito baixinho e suave demais; tanto que, às vezes, chegavam a não me ouvir, então os técnicos de som tinham que aumentar o volume ao máximo. Era como se eu não respirasse. Eu cantava com muita timidez.

Então Angie, uma maga do canto que entende bastante de comédias musicais, tinha se afeiçoado muito a mim e me adotado como sua filha, por assim dizer. Certo dia, ela disse à minha mãe que queria me dar aulas.

Foi assim que comecei a frequentar sua escola de comédia musical. Angie nunca cobrou nada de nós e, com o tempo, **passou a fazer parte da nossa família: íamos comer em sua casa e desenvolvemos uma relação incrível.**

Tudo o que sei de canto é graças a ela. Sempre me dizia para que não fosse medrosa e que jogasse a voz para fora. Muitas vezes, ficava brava comigo e chegou até a me fazer chorar. **Toda vez que eu insistia em dizer: "É que não consigo", ela me respondia: "É claro que você consegue".**

Sua presença, orientação e ensinamentos foram muito importantes para a minha carreira. **Toda vez que tinha um *casting* para um projeto musical, Angie me preparava com as trilhas e as músicas, e fazia o papel de minha *coach*.** E costumava ser sempre do mesmo jeito: eu dizia que não conseguia e ela me

ANGIE, UMA MAGA DO CANTO.

45· As luzes se acendem

♡ COM ALBERTO VÁZQUEZ FORTIS, O "JOVEM TALENTO".

chamava para fazer uma aula. Lá eu conseguia. **No final, sim, eu conseguia!**

Ray Vega, o filho de Angie, dança sapateado e também me deu aulas. Não sei muito, mas o que sei é graças a ele. Ray se tornou um dos meus melhores amigos.

Alberto Vázquez Fortis (eu o chamo carinhosamente de "o jovem talento") foi uma das pessoas mais importantes na minha carreira. É compositor e produtor musical e, acima de tudo, um grande amigo por quem sinto muito carinho e respeito. Graças a ele, meu amor pela música cresceu ainda mais, já que tinha muita paciência e me explicava tudo. Quando eu não chegava às notas, ríamos muito e ele sempre me dava uma dica boa.

Ele foi o produtor do meu primeiro disco e, um dado muito importante, escreveu várias músicas (algumas gravamos, outras não) para o segundo disco, que ficou pela metade quando me chamaram para fazer *Sou Luna*.

Em *A noviça rebelde*, além de tudo, fiquei muito amiga de Bárbara Murillo, com quem mantenho contato. Com ela e sua família divido grandes momentos e tenho ótimas recordações.

Desde os seis anos, além de ir das 16h às 20h ao CEA, também ia das 8h até as 12h30 para a escola primária Antonio de Mendoza. Eu era boa aluna, embora bastante tagarela. Sempre acabavam ficando irritados comigo por eu falar sem parar. É que sou muito irrequieta!

Não me destacava em nenhuma matéria em especial, embora gostasse muito de Geografia e, sobretudo, de escrever no caderno.

Minha passagem pelo primário não foi "normal", por assim dizer. Muitas vezes tive que realizar provas sem ter ido às aulas, já que, por questões de trabalho, faltava muito ou saía mais cedo. Em várias ocasiões, estudava em casa e logo em seguida saía para fazer as provas.

Uma coisa muito, muito importante

Quase todos nós já fizemos algum tipo de travessura no primário e eu não sou a exceção. Esta foi uma das minhas.

Uma vez, eu faltei à escola, e foi dada uma tarefa para fazer em casa. Quando fui à aula no dia seguinte, o professor disse: "Vamos falar da tarefa que dei sobre a história das crianças x heroínas", e pediu que alguém ficasse diante da turma. Em seguida, eu levantei a mão e soltei um "eu", que soou muito forte e seguro. O professor ficou parado olhando para mim e me perguntou: "Você? Alguém lhe passou a tarefa?". Eu o surpreendi duplamente, primeiro, porque não era sempre que eu levantava a mão e, segundo, porque eu não estava no dia anterior, quando ele havia passado a lição.

Sorri e expliquei que queria dizer uma coisa muito, muito importante. O professor duvidou um pouco, mas, finalmente, me deixou ir à frente da turma. Então, fiquei diante de todos e disse: **"Quero contar uma coisa muito, muito importante: amanhã, às cinco da tarde, vou aparecer em um capítulo de *La rosa de Guadalupe*, no Canal 2. Nada mais. Espero que me assistam".**

O professor ficou bravo e me mandou para a direção. Ligaram para minha mãe e explicaram que eu não podia deixar de fazer a tarefa de casa e, ainda por cima, utilizar a aula para fazer promoção pessoal.

SORRI E EXPLIQUEI QUE QUERIA DIZER UMA COISA MUITO, MUITO IMPORTANTE...

47· As luzes se acendem

SEMPRE ACABAVAM FICANDO BRAVOS COMIGO, POR EU FALAR SEM PARAR. É QUE SOU MUITO IRREQUIETA!

Outra travessura que fiz foi ter pedido à minha avozinha que fizesse a tarefa para mim, que neste caso era preencher um monte de linhas com as vogais. Quando entreguei o dever, estava na cara que não era minha letra, daí falei à professora que minha mãe tinha feito. Ligaram para minha mãe novamente, que logo ficou brava com minha avozinha. Mas a **Mamá Berta continuou me protegendo e disse: "É que dão muitas tarefas para a pobrezinha da minha galeguinha".**

UMA PROFESSORA INESQUECÍVEL

A professora Xochitl era secretária da escola primária e também sempre me ajudou em todas as matérias. Eu ia até a casa dela para ter aulas particulares. Não importava o dia ou a hora: ela me ajudava e quando alguma coisa não ficava muito clara, explicava para mim com muita paciência e da maneira mais fácil. Teve uma vez, por exemplo, que ela me ensinou as contas com música; outra vez, aprendi a contar com feijões. Era uma professora incrível.

Meninas malvadas

No primário, não tive muitas amigas. Em parte porque faltava bastante devido ao trabalho no teatro ou em algum comercial, então não via muito frequentemente minhas colegas nem tinha muito contato com elas.

Na quarta série, para piorar, fizeram *bullying* comigo, porque **diziam que eu me achava muito por ser atriz.** Algumas das meninas me tratavam muito mal.

Muitas crianças têm medo de falar dessas coisas que acontecem com elas, mas **eu não tive medo de contar.**

49· As luzes se acendem

Apesar disso, não foi ruim minha passagem pelo primário. Sempre me dei muito bem com os rapazes e, também, com as meninas, ainda que tivesse alguns probleminhas com elas de vez em quando.

Quando eu ia para a escola "era para causar algum desastre", como dizem, ou para falar sem parar.

Na quinta e sexta séries, só conseguia ir alguns dias da semana e as cursei, principalmente, pela internet. Estudava com a professora Xochitl e, depois, comparecia às provas.

Quando terminei e fui me matricular na escola secundária, **encontrei com rapazes muito altos e grandinhos, e aquilo me deixou um pouco receosa.** Além do mais, eu já sabia que existia a possibilidade de cursar a secundária pela internet, então disse à minha mãe que não queria fazer de modo presencial.

Ela me avisou que era muito mais difícil e que eu ia acabar me complicando, que era melhor cursar de forma presencial, mas insisti que queria cursar pela internet, e assim o fiz.

Atualmente, continuo estudando. Tenho todos os livros em casa, acima da minha cama. Querem vê-los? Querem uma *selfie*? Haha!

NASCE KAROL SEVILLA

Karol Sevilla nasceu quando eu tinha seis anos e meio, no dia em que fui me inscrever na Associação Nacional de Atores (ANDA) do México. Naquela ocasião, tive que me registrar com meu nome verdadeiro e um nome artístico, e coloquei "Karol Sevilla" em homenagem à minha avozinha.

O prazer de estudar

Como já contei antes, depois da escola eu ia para o CEA, onde, de acordo com o dia, tinha aulas de atuação, dança e coordenação motora. Sempre que chegava as 20h, **quando terminavam as aulas, eu quase chorava, porque não queria ir embora!**

Diferentemente da escola primária, lá eu era uma aluna muito aplicada. Procurava fazer tudo e, se sentia alguma dificuldade ou me atrapalhava de alguma forma, não me dava por vencida e tentava várias vezes. Inclusive, entrei para o quadro de honra, no primeiro lugar, porque chegava uma hora antes. Era capaz de não ir ao banheiro só para não chegar atrasada nas aulas!

Muitos professores do CEA marcaram minha trajetória e ajudaram a me preparar para esta carreira.

A senhorita Meche, a professora de dança, sempre me colocava na frente nas coreografias, porque ela gostava muito da forma como eu dançava e do meu gingado, não porque eu tivesse uma grande técnica, mas porque tinha muita personalidade. Pablito, o professor de atuação, toda vez que perguntava quem queria fazer um determinado papel, eu sempre levantava a mão e ele me dizia com um sorriso: **"Karol, você agora não, deixe que os demais também tentem"**. Também me lembro com carinho especial da Gabi, a professora de balé, de Margarita Mandoki, professora de atuação, dos coordenadores Felipe, Karina e Fanny, e de Lili Garza, a diretora do centro. Ela foi uma pessoa muito importante para mim, que me deu grande apoio em várias oportunidades.

Nesses anos, conheci muita gente querida e tive muitos professores geniais. **Todos eles são parte de mim e de minhas conquistas.**

TODA VEZ QUE PERGUNTAVA QUEM QUERIA FAZER UM DETERMINADO PAPEL, EU SEMPRE LEVANTAVA A MÃO.

51· As luzes se acendem

#FANNY FAMÍLIA

Uma das pessoas especiais que conheci no CEA, de quem eu e minha mãe ficamos muito amigas, é Fanny Chapa, uma das coordenadoras. Ela sempre nos ajudou e, hoje, a consideramos parte da família. Em todas as ocasiões que faço algo no México, como uma sessão de autógrafos ou a apresentação de algum disco, Fanny vem me ver com seus pais, tios e primos. Na verdade, somos uma grande família! Nunca faltam a nenhum show ou momento importante da minha carreira.

Há pouco tempo, ela veio nos visitar na Argentina e pudemos lhe mostrar muitos lugares incríveis e nossa vida por aqui, em Buenos Aires. Minha mãe diz que ela é sua irmã, então ela deve ser minha tia. Uma coisa que eu adoro, porque ela é uma pessoa incrível!

Aos oito anos, quando já estava para concluir a formação do CEA – que tem a duração de dois anos –, me chamaram para a novela *Querida enemiga*, e já **não pude mais cursar, porque não dava tempo.**

No dia da formatura, tive que ir gravar e, quando **cheguei** à cerimônia, já tinha terminado, por isso, **quem me entregou o diploma foi a própria Fanny.** Fiquei muito sentida por não poder ter feito o curso até o fim, faltando tão pouco! Mas agora penso que não há nada melhor do que se formar na prática.

 COM OS ATORES DE *QUERIDA ENEMIGA*.

53· **As luzes se acendem**

Identi-Karol

SOU UMA MENINA MUITO RESPONSÁVEL E COMPROMETIDA COM O QUE FAÇO.

Existe uma característica que me define: sou uma pessoa muito debochada. **Se alguém fizer ou disser uma coisa engraçada, não consigo conter a risada e o "haaaaaa!", de brincadeira.** Não o faço por maldade nem nada. Por exemplo, minha mãe não consegue falar direito as palavras "Snapchat" ou "WhatsApp", então toda vez que ela fala, eu me acabo de tanto gargalhar. Às vezes, falo para ela: "Mãe, como você diz mesmo?", e rio até minhas bochechas doerem.

Acho que, como sou muito observadora e tenho bom ouvido, capto tudo o que acontece ao meu redor. **Se acho graça de alguma coisa, não consigo conter a risada ou guardar para mim, não consigo evitar!**

Uma vez, eu estava gravando uma cena muito emotiva e vi que o assistente de direção de **Sou Luna** caiu no chão, porque tinham soltado fumaça e o piso havia ficado molhado. Em seguida, soltei uma gargalhada que foi ouvida daqui até o Japão, e tive que dizer: "Você está velhinho". Se alguém no estúdio não o tinha visto cair, eu fiz com que todos notassem aquele pequeno acidente. Haha!

Apesar de ser debochada ou de riso fácil, sou uma menina muito responsável e comprometida com o que faço. Às vezes, exijo muito de mim e, **se não faço algo direito, chego a derramar algumas lágrimas** e não consigo deixar de me irritar um

55· Identi-Karol

pouco comigo mesma. Nesses casos, costumo tirar alguns minutos sozinha para relaxar e me concentrar.

Às vezes, quando surge algum desafio (por exemplo, **patinar em *Sou Luna***), dedico muito esforço e vontade para aprender rapidamente. Quero fazer tudo da melhor forma possível, sem falhar. **É que quando me proponho a fazer algo, não tenho limites**.

Para que tenham uma ideia de quanto sou aplicada com essa carreira que amo, no ano retrasado (2015), nunca faltei a uma gravação de *Sou Luna*. Cheguei até a ir doente...! **Amo o que faço, sou apaixonada e dedico o melhor de mim.**

POSSO SER ESCANDALOSA OU MEIGA, DEPENDE DO DIA, MAS NUNCA MIMADA, ISSO NÃO.

Intensamente Karol

Sempre fui muito divertida e bem-humorada. Sou alegre, mas com responsabilidades, rá! Tenho uma personalidade muito forte e, como já disse antes, **sou muito intensa quando se trata de trabalho. Sim, INTENSA.**

Hoje se destaca muito minha faceta extrovertida, que antes talvez não fosse tão evidente. Embora eu também não fosse tímida. Não pensem isso. Digamos que eu era tranquila, coisa que agora já não sou mais, porque sou nervosíssima.

Posso ser escandalosa ou meiga, depende do dia, mas nunca mimada, isso não. As pessoas que me conhecem não demoram a notar meu humor: se estou contente, brava ou triste, porque **sou muito transparente e deixo tudo aparente logo de cara.** Minha mãe fala que essa é uma herança da família, porque ela é assim e minha avozinha também era.

57· Identi-Karol

De qualquer maneira, é muito difícil eu ficar brava ou de cara amarrada. E, se fico, muitas vezes, já a caminho do *set* vou melhorando. Fora atuar, o que com certeza pode mudar meu mau humor é dormir. Chegar em casa e ir para a cama.

Quando estou entre amigos, sou um desastre: divertida, debochada, não estou nem aí para nada.

Mas, às vezes, fico envergonhada de fazer coisas ridículas em público. Como quando minhas amigas me pedem para gritar no meio de um shopping ou da rua, aaahhhh, fico um pouco contida. Mesmo assim, acabo fazendo para ser simpática. **Gosto de dividir tudo, menos os doces!** Isso não se divide (mentirinha).

EU ME ACABO DE CHORAR QUANDO...

... não faço algo direito ou como gostaria que fosse.

... sinto falta do meu pai e do meu irmão Mauricio e penso em como eles estão longe da Argentina.

... cantam para mim no meu aniversário (é que me emociono muito!).

... lembro da minha avozinha Berta e penso em todo o tempo que já passou desde sua partida. Escrevi uma música com alguns amigos (na verdade, eles que escreveram mais e eu a cantei) dedicada especialmente a ela, e toda vez que a escutamos, choramos.

... vejo algo ou alguém injusto, apesar de que nesses casos choro de raiva, de impotência. Fico muito incomodada com pessoas sendo injustas.

... vejo filmes ou séries românticas (bom, com os de terror também choro... É que fico muito compenetrada com as personagens e suas histórias).

Ela tem um *look*

Desde pequena, **sou muito provocadora com as roupas e gosto muito de combinar cores.** Se visto algo rosa, tudo tem que combinar com esse rosa, estar na mesma paleta de cores, até as meias! Caso contrário, fico me sentindo mal. Gosto tanto de usar os mesmos tons que até para dormir combino a roupa.

Quando tenho algum evento, uma apresentação importante ou um encontro especial, **adoro usar vestidos e salto alto, porque fico me sentindo uma princesa.**

Tenho cerca de 20 pares de sapatos de todas as cores e costumo fazer um rodízio.

De toda forma, minha peça de roupa favorita é o pijama, haha! Tudo o que tem a ver com dormir é a minha parte favorita.

Uma vez, cheguei ao *set* de pijama, porque fiquei com muita preguiça de me vestir antes de sair de casa e ter que me trocar de novo para interpretar a Luna.

Tenho que separar minha roupa na noite anterior, senão de manhã entro num grande conflito com meu guarda-roupa. Tiro tudo, experimento, não fico feliz com o que encontro, não sei como combinar, subo e desço... entro em crise! Então, sempre procuro deixar tudo preparado.

ADORO COMBINAR TUDO E SEMPRE ANDO BEM-VESTIDA.

59· Identi-Karol

De manhã até a noite

Cuido muito da minha pele, de forma que, ao acordar, a primeira coisa que faço é lavar o rosto e escovar os dentes e, em seguida, passar os produtos que minha dermatologista me indicou. E uma coisa muito importante que faço é colocar as lentes de contato! Senão sairia batendo em tudo até encontrar o caminho certo.

À noite, lavo o rosto, ponho um pijama combinado e leio os textos do dia seguinte. Repasso tudo.

Como bastante salada, legumes e alimentos saudáveis, e não como muitas guloseimas, mas não porque sou preocupada com a alimentação, e sim porque não sou muito fã. Mauricio, meu irmão, é nutricionista e aprendi muito com ele sobre o que e como comer.

TENHO VONTADE DE COMEÇAR A PRATICAR KANGOO JUMP. JÁ PROCUREI ALGUMAS ESCOLAS E QUERO PULAR COMO LOUCA.

De qualquer forma, acho que nunca conseguiria fazer uma dieta, porque também **amo hambúrguer e milanesas, com muuuuito queijo e catchup**, por exemplo, e nunca vou deixar de comer. Outra coisa que adoro é atum. Adoro. E não tomo sucos; nunca gostei, por isso sempre tomo água.

Adoro me maquiar e sei fazê-lo desde criança. Aprendi por causa do teatro. Sei como colocar cílios postiços e tudo mais. Apesar disso, depois de muitos dias maquiada, por estar em gravações e eventos, também gosto de curtir minha pele ao natural, para deixá-la respirar.

O que gosto muito é de me pentear. Puf! Quando era mais nova, minha mãe me penteava; agora são as cabeleireiras da produção ou do teatro.

Sonhar com os olhos abertos (e um pouco puxados)

Sempre tive a ideia clara de que queria ser atriz. Esse era o meu sonho mais desejado. **Pensava e fantasiava estar no Disney Channel.** Via a Selena Gomez em *Os feiticeiros de Waverly Place* e eu queria estar no lugar dela. Queria estar na televisão, mas sobretudo no Disney Channel: aparecer na frente de todos e desenhar o Mickey Mouse na tela.

ADORO ME MAQUIAR E SEI FAZÊ-LO DESDE CRIANÇA.

E sabem o que eu queria ter quando era mais nova? **Uma cama de princesa!** Essas camas enormes das quais pende um véu que se pode fechar para ir dormir lá dentro. Achava que se eu dormisse assim e fechasse o véu, ficaria como a princesa do Shrek.

Uns anos atrás, eu sempre passava com meus pais na frente de uma loja de móveis e havia uma cama dessas que ficava em exibição. Eu a olhava e um dia pedi que perguntassem o preço, mas embora eles se esforçassem muito para me dar tudo, e meu pai trabalhasse muito, não podiam pagá-la. Por isso, nunca pude tê-la e acabou ficando nas minhas fantasias.

Quando já estava fazendo comerciais e novelas, disse para a minha mãe que iria comprar a cama, mas fomos à loja e não a tinham. Estava em exibição, mas não para venda.

Confesso a vocês que até hoje gostaria de tê-la por um dia, para saber o que se sente ao estar numa cama assim e **realizar meu sonho daqueles anos**. Só por um dia, para me sentir uma princesa lá dentro.

63· Identi-Karol

Um sonho maluco que tenho e que algum dia vou realizar é viajar para o Japão. **Amo o Japão e seria maravilhoso conhecê-lo!** Sabem por quê? Porque há algum tempo que escuto música japonesa e coreana, e tenho paixão! Comecei a escutar essas músicas no YouTube e aí conheci a que agora se tornou a **minha cantora predileta: Kyary**. Adoro seu ritmo, suas músicas e, além do mais, o idioma me chama muito a atenção.

Depois de conhecer a Kyary, comecei a procurar na internet e a **me interessar por toda a cultura japonesa**: os restaurantes mais típicos, as comidas, as ruas, a história... Depois vi um vídeo de um grupo que se chama 2NE1, que é da Coreia, e comecei a pesquisar sobre esse país também.

Japão e Coreia são dois lugares que quero conhecer, porque me chamam muito, muito a atenção. A partir da música, comecei a conhecer um pouco mais sobre essas culturas e morro de vontade de viajar para lá.

Estive pensando que, se alguma vez tiver a possibilidade de gravar um disco lá, seria algo genial. **Alugar um estúdio, gravar, fazer tudo. Adoro coisas meio loucas... deu para notar?**

HÁ ALGUM TEMPO QUE ESCUTO MÚSICA JAPONESA E COREANA.

MINHAS PERSONAGENS FAVORITAS

Se eu pudesse voltar no tempo e interpretar de novo uma personagem que fiz, não pensaria duas vezes em fazer a Gretel, de *A noviça rebelde*, porque marcou muito a minha vida no que diz respeito ao teatro.

Também gostaria de voltar a ser a Dorothy, porque essa personagem tem muito a ver comigo: ela faz amizade com qualquer um que vê pela frente. Para Dorothy (e para mim), todos somos iguais e isso é o que vale. Além disso, ela acredita muito em seus sonhos, que sempre é preciso se esforçar para chegar a fazer o que se quer, e que não é preciso perder a paciência, porque tudo virá a seu tempo. Essas características me representam muito.

Duendes, fadas e muito mais

Quando eu era mais nova, fiquei fã de **duendes e fadas; adoro!** Eu me lembro que meus primeiros três duendes – o da boa sorte, o guardião das crianças e o pai de todos os duendes – comprei com meu primeiro pagamento importante.

Depois consegui muitos mais, quando uma amiga chamada Jackie Gou publicou que queria dar de presente todos os seus duendes, para que alguém tomasse conta deles. Em seguida, escrevi uma mensagem para ela toda emocionada dizendo que eu queria!

Fiquei superansiosa esperando a resposta durante vários dias, até que, por fim, ela me falou: "Passe o endereço da sua casa que já vou mandá-los para você".

Assim, **algumas horas mais tarde, recebi os 75 duendes de sua coleção!**

65• Identi-Karol

Eles estão na minha casa no México, embora nesta última viagem pedi à minha tia que, por favor, me trouxesse os três primeiros que comprei, para que ficassem comigo na Argentina.

Como podem imaginar, meu quarto no México está cheio de bichos de pelúcia por todos os lados e, geralmente, fica todo desorganizado.

É tudo rosa, com roxo e branco. Fomos reformando pouco a pouco, e a primeira coisa que fiz foi escolher um piso rosa. **Tudo, tudo, tudo rosa!**

Em pouco tempo, vamos nos mudar de casa. Na nova, vou ter um quarto com prateleiras, nas quais penso em colocar todos os meus duendes, bem organizadinhos.

COM MEU AVOZINHO BRINCANDO NA CASINHA DA DORA.

Coração de menina

Quando eu era pequena, não tinha o hábito de assistir televisão, embora, como já comentei, **adorasse Dora, a Aventureira**, que era o máximo para mim. Para o Dia de Reis, quando tinha sete ou oito anos, pedi a casa da Dora, com a qual brinquei até cansar.

Agora, com 17 anos, se vejo na televisão **Dora, a Aventureira**, começo a assistir. Apesar de já estar grandinha, **as *caricaturas* me chamam muito a atenção** (é assim que chamamos no México os desenhos animados). Fico boba diante da televisão quando vejo programas de crianças, como *Os Backyardigans*, por exemplo. Huuuuum! **Será que quer dizer alguma coisa?** Acho que os personagens animados são meus favoritos, porque quando criança não tive tanto tempo para ver desenhos ou televisão. Ou então... sei lá!

67· Identi-Karol

Também não via novelas, exceto as em que eu aparecia, haha! Hoje em dia, ainda é raro eu me sentar no sofá na frente da televisão, porque **sempre estou no computador, com o celular, gravando ou ensaiando**, por isso, não sobra muito tempo.

COM RITMO LATINO
A música sempre esteve presente na minha vida. Fui iniciada em canto pelo Yuri, um cantor muito popular no México, de estilo latino, que eu gostava muito. Também escutava bandas mexicanas, como La Arrolladora Banda El Limón.

Histórias da Disney

No México, os filmes originais custam muito, muito caro, e por isso, **até os seis anos, eu nunca tinha visto um filme da Disney.**

Quando estava fazendo *A noviça rebelde*, Lisardo Guarinos, um ator mexicano com quem eu dividia o palco, me perguntou se eu tinha visto o filme *Mogli: O menino lobo*, e disse que não. No dia seguinte, ele me levou quatro filmes originais da Disney. Imaginem só! Sentia que havia recebido um Grammy. Ele me deu de presente *Mogli: O menino lobo*, *Branca de Neve*, *A bela adormecida* e *Pinóquio*. **O primeiro que vi foi *Mogli: O menino lobo*, um filme que amo.**

Felizmente, depois pude ver muitos outros filmes originais e da Disney. Existe um que é muito especial para mim, porque o vi umas oitenta mil vezes com meu irmão e até sei as falas. É o filme *Operação Babá*.

A canção desse filme funciona como um código entre mim e meu irmão:

"Se está em depressão, mais baixo do que o chão, e sente que você não tem mais chance, bom bom bom..."

Eu sei os passinhos e toda a coreografia. Poderia dançá-la agora mesmo, hehe! É uma coisa que nos identifica e, toda vez que cantamos, começo a chorar porque me emociona.

Matilda é outro filme que adoro, que vi mil vezes e do qual também sei repetir as falas de cabeça.

MERIDA

A personagem da Disney com a qual mais me identifico é a Merida, do filme *Valente*. A princesa ruiva, descabelada e corajosa é tão decidida quanto cabeça-dura. Nós duas somos pessoas muito loucas, guerreiras, que vamos atrás do que queremos. Se alguém fala não para nós, fazemos o impossível para que se torne um sim.

Olá, Argentina!

A primeira vez que viajei de avião foi em 2015, quando vim para a Argentina.

Não sei de onde tirei isso, se de um comercial ou de algum filme, mas **estava convencida de que, durante o voo, havia uma festa do tipo disco.** Então, quando viajamos para fazer a audição, fui arrumada dos pés à cabeça, com saltos altos, toda bem-vestida, **TOP, TOP.**

Quando já estávamos há uma hora dentro do avião, minha mãe me disse: "Estou um pouco cansada. Vou dormir". E eu disse a ela: **"Nããão, não durma, pois agora vai começar a festa".** Ela me respondeu: "Que festa? Está maluca?". Mas eu continuava insistindo para que ela não dormisse.

Lá pelas quatro da manhã, eu ainda estava esperando, então perguntei à aeromoça: "Com licença, a que horas começa a festa?", e ela me respondeu que não havia nenhuma festa.

Eu imaginava que no avião se abria uma portinha e entrávamos dançando, como numa discoteca. **Foi muito decepcionante!** Fui dormir brava, perguntando-me: por que eles mentem nos filmes ou nos comerciais que existem festas nos aviões? **Eu vim pronta para subir e dançar!**

A PRIMEIRA VEZ QUE VIAJEI DE AVIÃO FOI EM 2015, QUANDO VIM PARA A ARGENTINA.

SOMANDO MILHAS

Ultimamente, temos a sorte de viajar frequentemente (antes não tínhamos essa possibilidade), na maioria das vezes por conta de trabalho, para apresentações ou comerciais. Isso me permitiu conhecer diversos lugares. Este ano, por exemplo, fomos para a Europa com minha mãe e meu irmão para uma turnê de imprensa. Meu pai não pôde viajar, porque teve que ficar cuidando do Ángelo, mas vão ter outras oportunidades.

Depois de alguns dias fazendo divulgação, tivemos duas semanas de férias, quando aproveitamos para percorrer muitos lugares: fomos para Paris, Veneza, Roma, Londres, Sevilha e Madri. Foi genial.

Aterrissagem

Desde o início de 2015, moro na Argentina, num apartamento com minha mãe. Depois de um ano e meio instalada, já me acostumei, apesar de que **no início foi difícil, porque sentia muita saudade da minha família.**

A comida também foi uma coisa da qual senti muita falta no início, principalmente a picante. E tinha coisas que eu não fazia ideia do que eram. Pouco depois de ter chegado, certo dia, com minha mãe, estávamos com vontade de tomar um sorvete, então fomos a uma sorveteria e, quando li "Doce de Leite", eu imaginei que fosse leite com muito açúcar.

Também tive dificuldades com determinadas palavras. Algumas que usava no México, quando dizia na Argentina, olhavam com a cara torta para mim, e vice-versa.

Pouco a pouco, fui perguntando o que significava cada coisa ou aprendendo com meus amigos. Assim, incorporei novas palavras, evitei ou substituí outras e, como dizem por aí, **parei de dar foras!**

Mas a verdade é que, quando cheguei, fomos muito bem recebidas, como se estivéssemos em casa, e agora consigo dizer que a Argentina é meu segundo lar.

Dormir sem parar

Meus domingos na Argentina são muito caseiros. **Durmo o dia inteiro! (mas de verdade)...** Não há força humana capaz de me deter. Eu sempre invento a desculpa de que

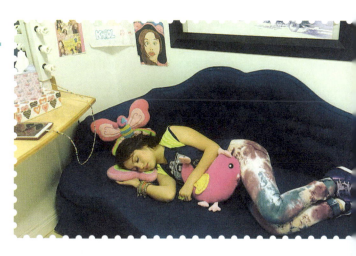

tenho que descansar porque minhas semanas são muito pesadas, por isso aproveito e recarrego as baterias para render durante os dias em que levanto cedo e às vezes termino muito tarde.

Durmo pesado, enquanto minha mãe fica fazendo as coisas da casa e cozinhando, para ter comidas preparadas na geladeira.

Se a semana foi muito pesada, na sexta-feira à noite saio com minha mãe e alguns amigos argentinos para comer. E por comer muito tarde, vou deitar lá pela uma ou duas da madrugada.

No sábado, durmo o dia todo. De vez em quando, acordo umas três da tarde para comer ou faço algum programa pequeno, como ir ao cinema. Mas, na maioria das vezes, fico em casa, assistindo a algum filme ou estudando os roteiros. **Às nove da noite, já estou na cama e posso chegar a dormir até as seis ou sete da noite do domingo!** Quando durmo muito,

73· Olá, Argentina!

minha mãe confere se estou respirando, porque não consegue entender como posso ter tanto sono. O pior é que me levanto às sete da noite, janto, tomo um banho e volto a dormir. Sim, outra vez!

Só levanto para comer. Principalmente quando sinto o cheirinho delicioso de frango ao molho mexicano ou outra comida que minha mãe esteja preparando. Nesses casos, em dois segundos estou na cozinha!

De madrugada, também posso sentir fome e, para não acordar minha mãe, vou até a geladeira em silêncio. Quando ela levanta, dá de cara com prato, pires, copo, xícara, caixa de cereais...
Passaram os ratos!

GRUDADA COM A ALMOFADA

Por conta do ritmo de trabalho e também porque, como já devem ter percebido, gosto muito de dormir, estou acostumada a me encostar em qualquer lugar e ando sempre com minha almofadinha. No carro, por exemplo, quando vamos para as gravações, aproveito para descansar.

Há algumas semanas, fui ao México visitar minha família e também porque tinha algumas reuniões muito importantes. Por conta da viagem e da semana de gravação, estava muito cansada.

Quando estávamos em uma das reuniões, enquanto falávamos, eu peguei no sono, como se estivesse em outro planeta, então perguntei ao rapaz com que estávamos reunidos se eu podia pegar a almofada de seu sofá. Ao me dizer que sim, peguei-a, deitei no chão e dormi no meio da reunião. E meu irmão, que também é de dormir muito, se juntou a mim!

Vocês verão que não preciso de muito para conciliar o sono: é só colocar uma almofada, ou qualquer coisa parecida, e pronto.

Entre panelas e visitas

Não digo que sei cozinhar, mas gosto muito de ajudar minha mãe quando ela está na cozinha. **Ajudo com tudo: moer, cortar legumes, descascar.** Ela vai me indicando e eu vou ajudando. Minha mãe não tem muito jeito para receitas doces, então sempre fazemos comidas típicas e clássicas do México, que comemos durante a semana.

Quem cozinha muito bem é meu pai. Quando morávamos no México, **era ele quem cozinhava todos os dias, por isso nos sentíamos um pouco inúteis, haha!**

Eu chegava muito tarde do teatro, e quando estávamos no carro já avisávamos: "Chegamos em cinco minutos". Ele nos esperava com a comida pronta, a mesa servida, os pratos postos, tudo pronto, uma maravilha. Comíamos em família, que era o único momento do dia em que conversávamos, e logo depois íamos dormir.

Ao chegar à Argentina, tivemos que nos virar e aprender, porque não sabíamos cozinhar nada. Por isso, muitas vezes penso: **"Aiiii, sinto saudade do meu pai me esperando com a comida quentinha".**

Quando ele veio nos visitar com meu irmão, voltou a nos deixar mal acostumadas por alguns dias, porque, **enquanto eu ia gravar, ele ficava em casa e cozinhava.** E assim que chegávamos, já estava à espera de mim e da minha mãe com a comida feita, como fazia no México. A diferença era que logo que terminávamos de comer, saíamos para passear e conhecer Buenos Aires, já que ele e meu irmão ainda não conheciam.

SINTO SAUDADE DO MEU PAI ME ESPERANDO COM A COMIDA QUENTINHA!

75· Olá, Argentina!

QUANDO TODA A TORCIDA COMEÇOU A CANTAR, FOI INCRÍVEL...

Azul e grená

Para quem não sabe, conto logo que **sou torcedora fanática do San Lorenzo**. Vou explicar como isso aconteceu e por quê.

Uma das primeiras pessoas que conhecemos logo que aterrissamos na Argentina foi o Darío Coronel, da Disney, que foi quem fez a seleção dos atores. Num belo domingo, ele disse que iria com sua esposa ver uma partida do San Lorenzo e perguntou se eu e minha mãe gostaríamos de ir. Como fazia uma semana que estávamos no hotel, dissemos que sim.

O estádio era bem pequeno comparado a outros, mas quando começaram a soar os bumbos e tambores, **quando toda a torcida começou a cantar, foi incrível... O estádio parecia imenso.**

Ver aquela paixão, a arquibancada cheia, foi muito impactante para nós. Ainda mais ao ver que nem havia começado a partida e toda a torcida estava cantando e dançando com os tambores. "Sou do bairro de Boedo, bairro de música e carnaval..."

Começou a partida, e o pessoal continuava cantando, uma música atrás da outra. No México, estamos acostumados a entoar gritos de torcida, mas **na Argentina, durante o intervalo, continuavam cantando, inclusive quando já não tinha mais jogadores em campo.**

A partida era contra o Huracán e, quando o San Lorenzo fez um gol, parecia que a arquibancada iria abaixo com todos aqueles pulos.

Essa paixão que se via era incrível e ficou gravada em nossa memória. Sempre converso com a minha mãe que talvez, se tivessem nos levado para ver uma partida do River, Boca ou qualquer outro, teríamos começado a torcer para eles. Mas fomos ver o San Lorenzo **e ficamos encantadas lá, pela paixão que sente a torcida, pelo que senti no estádio.**

Depois, pedíamos sempre ao Darío que nos levasse ao estádio (mesmo que fosse domingo e eu tivesse que levantar da cama) e vimos várias partidas. **Pouco a pouco, fomos criando carinho pela equipe.**

Agora **assisto às partidas quando o San Lorenzo joga, sei os nomes de todos os jogadores e algumas músicas.** Também tive a possibilidade de conhecer Pipi, Leandro Romagnoli, um dos jogadores. Sou fanática pelo San Lorenzo!

No México, sou do Chivas de Guadalajara, mas não acompanhava tanto as partidas nem ia com tanta frequência aos estádios.

TORCEDORAS

Quando meu pai e meu irmão vieram nos visitar na Argentina, eu e minha mãe contamos que tínhamos nos tornado torcedoras do San Lorenzo. De qualquer forma, Mauricio me disse que queria conhecer o campo do River.

Eu nem queria entrar no estádio, mas fiz esse esforço pelo meu irmão e acabei acompanhando-o. Entrei no campo com os olhos fechados!

A coisa não terminou por aí, porque depois ele me pediu que fôssemos ao campo do Boca. A verdade é que eu estava morrendo por dentro. Ele me fez entrar nos dois campos! Finalmente, ele gostou mais do estádio do River, porque é mais moderno e mais parecido com o estádio Azteca, no México, e assim ele começou a torcer pelo River. GRRRR!

Fim de semana em Navarro

Durante nossa primeira temporada na Argentina, como não conhecíamos muito a cidade de Buenos Aires, apenas ficávamos no hotel. Num fim de semana, Darío Coronel nos convidou para conhecer Navarro, sua cidade. Lá ele nos apresentou à sua família e, especialmente, à sua cunhada Clari, que tem a minha idade. **Ficamos amigas, e agora ir a Navarro tornou-se um programa perfeito para poder aproveitar a tranquilidade, passear e até ir dançar.**

Em geral, eu e minha mãe sempre chegamos na sexta-feira à noite, depois de um longo dia de gravação ou produções. Primeiro saímos para comer com alguns amigos da minha mãe e, em seguida, vamos passear. À noite, saio para comer com Clari e suas amigas, então, mais tarde, nos trocamos e saímos para dançar. No dia seguinte, todo mundo levanta cedo, lá pelas dez da manhã, mas adivinhem só? Eu continuo dormindo até as quatro...

EM NAVARRO NÃO PARO DE COMER; MUITOS CHURRASCOS, MUITAS PIZZAS, MUITAS BOLACHAS E MUITOS SORVETES.

Quando me levanto, normalmente, **vou procurar as meninas. Elas estão, quase sempre, tomando mate no parque e conversando.** Ficamos sentadas na grama, aproveitando a tarde, e quando está frio nos cobrimos com jaquetas e cobertores. Ahhh, e não podem faltar as bolachinhas e o mate!

Podem passar horas e horas, e **nós continuamos lá, rindo à toa, aproveitando o momento e cumprimentando quem passa.** Também costumamos ir à lagoa. Às vezes, quando estamos entediadas, damos voltas no quarteirão. Para mim, que fico todos os dias enfurnada num *set*, dar a volta no quarteirão é algo muito divertido. É como ir a Paris e voltar, hahaha!

79· Olá, Argentina!

Vamos falar de amor?

No que se refere aos rapazes e ao amor, tenho que admitir que **sou meio *loser*** (ih! Falei isso?).

Mas é verdade. Muito verdade. Para que tenham uma ideia, acho que nem no primário nem na escola secundária gostei de nenhum menino.

Mas tudo tem uma explicação.

Como já contei, não frequentava muito as aulas por conta das minhas responsabilidades de trabalho... Não custa esclarecer que, apesar disso, era boa aluna, bastante aplicada. Apesar das faltas, **tinha boas notas; nas tarefas sempre tirava 8 ou 9.**

Continuando.

Quando ia para a escola, era para aproveitá-la da melhor forma possível, rir e conversar. Ou como dizemos no meu país: para dar uma relaxada, bater papo e fazer fofoca. Haha! Por isso, também não tinha muito tempo para conhecer ninguém.

A questão é que **até hoje nunca tive namorado nem estive apaixonada.** Estou sempre tão absorta no trabalho e focada no que quero fazer que não me dou tempo para me concentrar em uma pessoa. Para falar a verdade, estou gostando disso e por ora estou bem assim. **Vai acontecer no momento certo, não acham?**

81· Vamos falar de amor?

Um garoto perfeito para mim tem que ser louco como eu. Simpático, extrovertido e eloquente. Que ocorram coisas divertidas com ele e possamos compartilhá-las.

JÁ CONTEI DO MEU AMOR PLATÔNICO?

Aos seis anos, no CEA infantil, conheci Robin Vega. Era uma espécie de *crush* que eu tinha, ele era o máximo. AAHHH, ficava encantada. Mas ele nunca deu bola para mim, rá! Meu amor platônico ainda mais platônico? Zac Efron… nossa, ele é lindo.

Nenhuma crise e um pouco desastrada

Para que vejam que, embora eu pareça muito normalzinha, sou uma garota um pouco diferente, então trago outra confissão: **não lembro de ter tido isso que chamam de "crise adolescente".** Acho que é porque me embrenhei muito no mundo da atuação, sendo ainda bastante nova.

O que vivi, sim, foi um ou outro desastre no trabalho. Embora não sei se podemos chamá-los assim.

Vocês vão poder me dizer.

Lá estava eu representando o papel de Dorothy, em *O mágico de Oz*, e tinha que entrar cantando "Arco-íris", a primeira música da minha personagem. A música deveria fluir bela, perfeita, para fazer uma boa entrada na cena. Em uma das apresentações, subi em cena, comecei a cantar e logo nas primeiras falas, TUK!, deu um branco. Sim, esqueci completamente a letra!

Mas, mas, mas... em vez de ficar muda, comecei a seguir o ritmo da música com um "lalala la lalala", e depois continuei com "nananana nana na". A música inteira, laralalala! nananananana nana na! E, no final, acrescentei um: "Desculpem, é que ainda a estou escrevendo".

Quando saí de cena, Alejandro Medina, o produtor, perguntou-me o que havia acontecido. Muito simples: **fiquei extremamente nervosa e me esqueci da letra. Mas como o show deve continuar, eu continuei com o lalalala!**

Pareceu um pequeno ou grande desastre? Bom, preparem-se que agora vem a boa.

A partir dali me tornei a "boazona" entre meus companheiros.

Karol-Tagarela-Sevilla

Durante o primeiro ato da peça *O mágico de Oz*, com Marvin Ortega, Eduardo Barajas e Samuel Zarazua, estávamos em cena e alguns confundiram a letra. Mas **em vez de nos preocuparmos, começamos a brincar um pouco e a fazer piadas enquanto morríamos de rir (ao vivo!).**

De repente, quando estávamos nos preparando para fazer a saída seguinte, os rapazes do *staff* nos avisaram: "Preparem-se, porque o Alejandro (Medina) está vindo aí irritadíssimo com o que vocês fizeram".

Assustada, saí correndo para minha posição para entrar logo em cena e passar despercebida. Mas escutei: "IIIIIITZITERY". Sim, Alejandro estava me chamando, gritando meu segundo nome, o que me fez pensar que estava muito zangado pelo que havíamos feito.

Minha mãe, que estava comigo, me recomendou que, quando falasse com ele, não jogasse a culpa nos meus companheiros, mas explicasse que tínhamos sido todos nós. Concordei, mas, em vez de ir conversar, tratei de entrar em cena para fugir dele. **Até que ouvi outra vez: "IIIIIIITZITERY".**

Aí, pensei comigo mesma: **"Ai, mãe do céu".**

COM MEUS COMPANHEIROS DO ELENCO DE *O MÁGICO DE OZ*.

Enfim, aproximei-me e, logo de cara, Alejandro me perguntou: "O que aconteceu na cena?". Fiquei tão nervosa que já fui soltando: "Não fui eu, foi o Samuel, o Marvin e o Eduardo (que eram meus companheiros) que se enganaram. Eu só segui a brincadeira porque eles começaram a falar asneiras primeiro. Depois tentei salvar a cena...".

Isso tudo, que fique bem claro, falei na velocidade de um raio.

Por causa do nervoso, eu coloquei a culpa neles! É feio, mas foi assim que aconteceu!

Sabem o que aconteceu? Alejandro olhou bem para mim e disse: "Eu sei, eu vi tudo. Só queria ver a sua cara, haha". Meu coração parecia que ia sair pela boca. Foi horrível!!!

Full adolescência

Como já contei, cuido bastante do meu rosto. Uso cremes e demaquilantes e, por isso, **quando surge uma espinha, é um problemão. Fico muito mal!**

Algo que me aconteceu no mês que cheguei à Argentina foi que comecei a brotar: minha cara parecia um vulcão em erupção. As espinhas tinham invadido meu rosto inteiro. Tudo! Na testa, no queixo, nas bochechas... Foi terrível, porque não sabia o que estava acontecendo comigo (as garotas vão me entender: para nós, uma espinha é como a pior das tragédias).

Lembro que passei por um monte de dermatologistas e eles, em geral, falavam o que eu tinha que comer ou passar no rosto para eliminá-las (fushhhhh!). Até que encontrei um dermatologista que me explicou que toda essa mudança estava relacionada com a minha nova alimentação, o clima da Argentina, a umidade do ar e uma porção de outros fatores que influenciaram meu corpo.

Além do mais, **foi uma época em que comecei a crescer, a fazer muito exercício (patinação) e tudo isso representou uma mudança importante.**

Com o passar dos dias, percebi que estava vivendo uma etapa muito bonita: a adolescência. Agora eu aproveito e, se surge uma espinha, rio comigo mesma e não dou tanta importância.

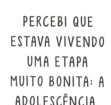

PERCEBI QUE ESTAVA VIVENDO UMA ETAPA MUITO BONITA: A ADOLESCÊNCIA.

85· Vamos falar de amor?

O MAIS IMPORTANTE SÃO OS SENTIMENTOS, NÃO O EGO OU FICARMOS SOFRENDO.

Pura amizade

Para mim, a amizade é algo muito importante na vida, o que complementa as pessoas.

Por isso, **para eu poder me tornar amiga de alguém, essa pessoa deve ser transparente e sincera.** Tenho que poder confiar cegamente nela.

Algo que aprendi é que, às vezes, não é tão fácil encontrar amizades. Há algumas verdadeiras, outras falsas.

Por sorte, nunca tive decepções e espero não me deparar com algo desse tipo na vida.

Mas acho que se uma amiga ou outra pessoa me fizesse algo de que eu não goste, seria capaz de perdoar.

Primeiro, falaria de cara que acho que as coisas se resolvem na conversa. Assim, eu poderia escutar os motivos pelos quais essa pessoa agiu dessa forma.

Por isso, me **atrevo a te dar um conselho, amiga:** se tiver algum assunto pendente ou se aconteceu alguma coisa ruim com sua amiga ou com qualquer outra pessoa, o mais importante é conversar e poder entender a versão do outro. Sempre, todos nós, seres humanos, quando conversamos ou fazemos algo, temos nossa própria versão do que aconteceu. Então, o importante é escutar o outro para conhecer o outro lado (mas escutar de verdade). Depois, cabe a você, no seu íntimo mais profundo, pensar e decidir o que fazer... Se seu coração, de verdade, diz para perdoar, você deve perdoar. O mais importante são os sentimentos, não o ego ou ficarmos sofrendo.

87· Vamos falar de amor?

CONHECENDO ALGUÉM

Quando conheço alguém, antes de fazer grandes confidências e dizer "você é minha amiga ou amigo", dou um tempo para que a gente se conheça e aprenda a confiar um no outro. Porque um amigo é um confidente, alguém que vai saber tudo de mim.

Best Friends Forever

Minhas melhores amigas do mundo são **a Vicky e a Regina**. Elas são irmãs, têm a minha idade e sabem tudo, tudo sobre mim. Eu as conheci no México há muitos anos, por meio de um amigo com o qual trabalhei no teatro. Elas me admiravam, porque gostavam do que eu fazia em *O mágico de Oz*. Pode-se dizer que elas eram minhas fãs. Certo dia, meu amigo comentou sobre elas e disse que queriam me conhecer, então as convidei para que viessem me ver no teatro. Depois, fomos comer e foi superlegal.

Desde então, começamos a ter muitos momentos bacanas e compartilhar uma porção de coisas. **Elas são minhas BFF. Porque, além do mais, nós três somos loucas!**

Ainda não vieram conhecer a Argentina (já passou da hora!), mas na última vez que fui ao México, pudemos nos ver. Trouxe as duas para o hotel em que eu estava hospedada e passei um bom tempo aproveitando a companhia delas.

Na Argentina, uma das minhas melhores amigas é a Clari, com quem divido os fins de semana em Navarro. Por intermédio da Clari, conheci seu grupo e também fiquei amiga das demais.

Outra grande amiga é a Dani, que conheci por um amigo. A Dani também tem a minha idade, e nos damos muito bem.

Tocando a carreira

Para alcançar papéis cada vez mais importantes, **sempre fiz *castings*, a vida inteira!** E alguns eram muito difíceis. Sei que tem gente que pensa que os *castings* são fáceis, que só de bater o olho as pessoas já te selecionam, mas não é bem assim. É preciso se apresentar, depois chamam você para uma prova (*callback*), e mais uma, e mais uma... Podem chegar a chamar até cinco vezes e, em cada ocasião, você tem que ficar diante da mesma pessoa, porque não se decidem. É difícil e muito cansativo.

PODEM FAZER ATÉ CINCO AUDIÇÕES PARA UM PAPEL.

De toda forma, desde que comecei nessa carreira, aprendi que você **nunca deve desistir. Se não conseguir, não tem problema, porque logo pode aparecer algo melhor** ou, talvez, levem você em consideração para algum projeto posterior. Nunca se sabe.

Quando eu estava estudando no CEA, era comum que os produtores das novelas se comunicassem com a escola para solicitar atores mirins de determinada idade, tipo físico e característica. Nesses casos, o pessoal da Televisa avisava as crianças que estivessem alinhadas com esse perfil para que se apresentassem.

91· Tocando a carreira

Castings, castings e mais castings

Nos primeiros anos da minha carreira, em todos os *castings* em que me apresentava, eu sempre era selecionada. De fato, **era conhecida como a menina que sempre saía nos comerciais.**

Até que me deparei com o primeiro "não".

Tinha doze anos e **tinha me preparado durante um ano e meio, praticando canto, atuação e dança** para me apresentar na comédia *Mary Poppins*. Mas quando estava entrando no lugar do *casting*, dei de cara com um medidor para verificar a altura dos participantes. Se passasse, não poderia fazer o teste.

Eu não estava de acordo com os parâmetros, porque era mais alta, mas como estava usando um vestido longo, agachei um pouquinho e passei.

Quando me viram lá dentro, já me avisaram que não dava para o papel. Quis fazer a audição mesmo assim. Como era previsto, depois me chamaram e me disseram: "Muito obrigado, mas você não foi selecionada". Foi a primeira vez que me disseram "não".

Esse projeto me arrasou, porque havia

me preparado duro para fazê-lo. Lembro que disse à minha mãe que não queria mais ser atriz. Ela procurou me explicar que, se era o que eu gostava de fazer, não poderia me dar por vencida só porque haviam me recusado em um projeto. **Que na minha carreira eu iria me deparar com muitas situações desse tipo, e que devia enfrentá-las e seguir adiante.** Mas eu fiquei muito triste por aquilo. Inclusive, ofereceram um trabalho e eu disse à minha mãe que não queria fazer, que cancelasse tudo. Estava no modo "não quero mais ser atriz".

APRENDI QUE NÃO PODIA ME DAR POR VENCIDA POR CAUSA DE UM PROJETO EM QUE ME DISSERAM NÃO.

Porém, não passou muito tempo, mais ou menos **um mês depois, voltei com tudo, fazendo *O mágico de Oz* e *Chapeuzinho Vermelho*.** Não durou muito esse mau humor!

FIQUE!

Certa vez, eu estava participando de um *casting* para meninas, e havia um monte delas. Entre todas, vi uma menina muito emocionada, que tinha seu papelzinho e seu número em mãos para ir fazer sua entrevista. Mas quando ela me viu chegar, enquanto me cumprimentavam pois já me conheciam, escutei-a dizendo à mãe dela: "Vamos, já não quero fazer o *casting*, porque a Karol chegou e é óbvio que o papel vai ser dela".

Me virei para vê-la e tive muita vontade de dizer que não se desse por vencida, embora não o tenha feito, e a menina foi embora. Naquela ocasião, também consegui o papel, mas poderia não ter sido selecionada. E, de fato, foi o que aconteceu comigo mais adiante.

93· Tocando a carreira

A estreia da Galletita (Bolachinha)

A primeira vez que trabalhei em uma novela, eu tinha sete anos. Foi em *Querida enemiga*, e eu fazia o papel da filha do protagonista, um papel importante. Consegui por meio de um *casting* que foi realizado no CEA.

Lá conheci **Carmen Becerra, uma atriz incrível com quem fiz amizade.** Desde o primeiro dia, ela me apoiou e me ensinou muito. Inclusive, ensinou seu truque para chorar na frente das câmeras (não, não vou revelar, é um segredo!). Lembro que ela veio entrando no meu camarim e disse: "Olha, vou ensinar a você um truque", e assim foi.

Nessa novela, Carmen era malvada e sempre me dizia: **"Galletita, quando for adulta, você tem que fazer um papel de má e sou eu que vou te ensinar".**

Foi ela quem colocou o apelido de *"Galletita"* (bolachinha, em português) em mim, e sabem por quê? A novela era a respeito de chefs, e para o final da temporada, como uma forma de agradecimento por todo o tempo compartilhado, dei de presente biscoitos de gengibre que tinha feito com a ajuda da minha mãe, com o nome de cada um dos meus companheiros. Então, foi quando Carmen Becerra me disse: "De agora em diante você será a menina das bolachinhas". Agora, na Televisa, todos me conhecem como "Galletita" ou "Galleta".

Muitos também me conhecem como "a menina do cachorrinho", porque às vezes eu ia com uma mochila de cachorrinho de pelúcia, que parecia tão real que, quando ia caminhando, todos o tocavam achando que era de verdade. Também não sou tããão louca!

Com a Carmen eu trabalhei muito tempo e em diferentes novelas, dividimos muitos *sets* de

CARMEN BECERRA FOI MUITO IMPORTANTE PARA MIM.

gravação. Eu a consultava se o projeto que estava para realizar era ou não conveniente para mim, e ela sempre me dava conselhos. **Carmen foi tão importante na minha carreira, que foi por ela que cheguei à Disney.**

Continuamos conversando frequentemente e, além disso, como seu marido é argentino, ela tem pensado em vir para a Argentina. Tenho muita vontade de vê-la!

MEUS QUERIDOS "PAYACOCOS"

Para quem não sabe, os Payacocos são um grupo de palhaços muito conhecido no México, que fazem espetáculos. São eles Joy Joy (Joel Barquera), Cocoyin (Alan Barquera) e Cocoy (Jesús Barquera).

Nós os conhecemos em uma festa infantil, quando eu tinha por volta de três anos. Desde então, tornaram-se bons amigos dos meus pais e íamos juntos a todo lugar.

Sempre tive um vínculo enorme com eles. São pessoas muito importantes, que desde o início me abriram as portas de suas casas e me ajudaram.

Quando eu tinha uns dez anos, houve uma época em que eu não tinha trabalho e eles me chamaram para cantar uma música em seu circo para ganhar um dinheiro. Até hoje eles me dão apoio. Serei eternamente grata a eles. Obrigada, Payacocos! Amo vocês.

Para volver a amar

Em 2010, fiz um *casting* para interpretar uma das meninas da novela *Para volver a amar*, mas não consegui o papel. Embora, depois, tenham me chamado para fazer Monse, uma garota com leucemia.

Acho que **foi um dos personagens mais difíceis que já fiz.**

EU ME ADAPTO RÁPIDO A DIFERENTES GRUPOS COM OS QUAIS TRABALHO, PORQUE SOU MUITO AMIGÁVEL.

Apesar de a produção não ter me pedido, eu quis conhecer uma garota que sofria dessa doença para saber sobre sua vida, ver como ela se virava, como enfrentava aquilo que estava acontecendo, para poder interpretar uma pessoa real. Foi assim que conheci Lupita, que é a filha de uma amiga da minha mãe.

No início, minha personagem estaria presente em cerca de 20 capítulos da novela e, em seguida, desapareceria, mas **meu trabalho agradou tanto ao público, os produtores e os diretores, que começaram a fazê-la crescer. Deram a ela mais vida e importância;** foram aumentando suas falas aos poucos.

Algumas cenas foram gravadas em um hospital, e há uma que lembro em especial, na qual Monse, a garota que eu interpretava, tinha o cabelo cortado, raspado. Para fazê-la, tiveram que colocar uma touca de látex para esconder meu cabelo.

Por sorte, a personagem cresceu tanto que chegou até o último capítulo, em que Monse já tinha cabelo e estava toda linda, com seu vestidinho. Ela superou a doença.

Fazer aquele papel foi muito forte e muito difícil, além de um grande aprendizado para minha carreira, porque nunca tinha feito um papel desse tipo. Foi, nossa!, uma experiência maravilhosa.

97. **Tocando a carreira**

🧡 COM MARIANA CARR EM AMORCITO CORAZÓN.

Além do que já contei, em *Para volver a amar*, tive a possibilidade de participar do elenco com Édgar Vivar (o Nhonho e o Senhor Barriga, no seriado *Chaves*) e Nailea Norvind, que fazia a minha tia e era a protagonista da novela. Eles e outros grandes atores me deram a oportunidade de aprender com seu trabalho e foram de grande ajuda na minha formação.

Na verdade, em todos os trabalhos que fiz, procurei usar as ferramentas daqueles que estavam ao meu redor. Desde as primeiras novelas, como *Amorcito corazón*, em que o ator argentino Diego Olivera fazia meu pai, sempre procurei aprender com os diferentes mestres que foram, involuntariamente, meus companheiros de elenco.

🧡 COM DIEGO OLIVERA EM AMORCITO CORAZÓN.

Eu não só aprendo, mas me adapto bem rápido aos diferentes grupos com que trabalho, porque sou muito amigável. **Desde o primeiro instante em que conheço alguém, começo a conversar e sempre estou disposta a conhecer as pessoas e compartilhar momentos.**

Até ir para *Sou Luna*, quase sempre eu havia trabalhado com gente mais velha que eu. E agora, além do mais, **meus companheiros de elenco têm a minha idade ou um pouco mais, então as amizades ficam mais fortes!**

COISAS QUE NÃO SE ESQUECE

Em *Para volver a amar*, depois de fazer uma cena em que tive de chorar, porque me diziam que eu tinha que ficar longe da minha tia, aproximou-se de mim o ator Alejandro Camacho e disse: "Quero te dar os parabéns, porque não é qualquer um que fica na frente da câmera e chora como você fez. É muito difícil, ainda mais na sua idade. Quando for adulta, você vai ser uma ótima atriz, mas nunca tire os pés do chão". Também me disse que nunca tinha visto uma menina tão profissional, que conseguisse se concentrar tanto na hora de estar na frente da câmera, mergulhar na personagem, sendo, ainda por cima, uma personagem tão difícil, e não sei quantas coisas mais. Imagine alguém dizer isso a você com sete anos! Para mim, foi incrível! O que Alejandro me disse guardei para sempre no meu coração.

Mil e um papéis

Ainda que alguns pensem que a minha carreira foi um sucesso atrás do outro, acho importante saberem que **algumas vezes também fui extra, e é algo do qual tenho muito orgulho.** Porque todos os papéis são importantes.

Depois, tive a oportunidade de trabalhar em *A noviça rebelde*, que foi o musical que mais me marcou, porque foi a primeira vez que subi num palco tão grande e com tanta gente, e eu era muito pequena, em todos os sentidos!

Posteriormente, também fiz as comédias musicais *O mágico de Oz* e *Timbiriche*, mas quando fiz essa última já tinha dez anos.

Fazendo essas peças para um público tão difícil, que é o infantil, **aprendi a ter jogo de cintura e a decidir coisas de momento.** Aprendi que se eu errasse ou alguma coisa falhasse, tinha que encontrar uma

99· Tocando a carreira

solução e improvisar, para sair do buraco, porque não havia cortes. A partir daí, desenvolvi muitas e muitas ferramentas. Além do mais, trabalhei com muitos bons atores e um diretor como Alejandro Medina, que me deu a oportunidade de continuar no teatro e crescer como atriz nas três áreas que mais gosto: atuação, canto e dança.

Fiz bicos de extra, trabalhei no cinema, novelas, comerciais e, quando estava com pouca grana, também fiz videoclipes! Participei de "Sandoval en vivo" e "El tiempo no lo cambiará", de Matteos. Gravar videoclipes foi muito divertido.

Mas mentiria se não dissesse que sempre tive um pouco de ansiedade para chegar a fazer uma personagem importante, como a que faço agora. Por sorte, minha mãe sempre repetia: "Cada coisa no seu tempo". E isso me ajudou a poder aproveitar cada momento.

Agora, **depois de muitos anos de trabalho duro, chegou a oportunidade de ser protagonista de *Sou Luna*, um grande sonho realizado!**

Acho que todos temos a oportunidade de chegar ao que realmente queremos. **Não se renda!**

SEMPRE TIVE UM POUCO DE ANSIEDADE DE CHEGAR A FAZER UMA PERSONAGEM IMPORTANTE, COMO A QUE FAÇO AGORA.

UM RITUAL DE FIM DE CICLO

Toda vez que um projeto se encerra, seja uma novela, um filme ou uma peça, gosto de dar de presente doces ou chocolates em forma de lembrancinha, para agradecer a todos os meus colegas pelo tempo vivido comigo no *set*, almoços, jantares e apresentações. E, agora, isso se tornou um ritual.

101· Tocando a carreira

Spam

Minha primeira e única experiência (por enquanto, escutaram?) **no cinema, na famosa telona, foi o filme Spam.** Gostei muito, mas era muito sério. Foi incrível!

Spam foi um filme que tinha diferentes cenários e, na minha primeira chamada, nos mandaram para um campo. Lembro que foi uma surpresa ao entrar no trailer: era como uma casa!

Entre os papéis que tive de interpretar, fiquei emocionada ao fazer o de uma menina que sofria um acidente de carro. Então, **tiveram que fazer um boneco de látex, me usando como modelo. Para isso, me encheram de látex por todos os lados!** Foi bem impressionante, porque meu rosto estava todo coberto e tinha apenas dois canudinhos: um para respirar e outro para tomar água. Embora tenham garantido que não durou muito tempo, pareceu uma eternidade para mim.

ADORARIA VOLTAR A FAZER CINEMA. FAZER PAPEL DE MÁ E CHORAR.

Assim que terminaram o molde, cortaram uma mecha enorme de cabelo para fazer a peruca.

Esse modelo de látex, que era a menina, saía voando pelo para-brisa e, em seguida, explodia uma bolsa de sangue. Depois eu aparecia, toda "surrada" e coberta de sangue. Mas era sangue de mel; era muito gostoso e pude comê-lo. Mmmmm!

Quando terminamos de gravar, recebi o "batismo do cinema" por ter participado do meu primeiro filme, que é como desejar boa sorte e dar a bênção para a carreira de ator.

Ficaram todos em volta de mim, em uma roda, desejaram "felicidades" e "muita merda" e, depois, deram-me tapinhas no bumbum. É o tapinha da sorte que todos precisam dar!

103· Tocando a carreira

Com um pé na lua

♡ COM O ELENCO DE *CHAPEUZINHO VERMELHO*.

Antes de começar com *Sou Luna*, eu estava fazendo *O mágico de Oz* e *Chapeuzinho Vermelho* no teatro, as duas peças ao mesmo tempo e como protagonista. Trabalhava aos fins de semana, sendo que aos sábados havia duas sessões e aos domingos havia quatro. Pensem só? Eu terminava esgotada.

Até aquele momento, eu sabia cantar mais de forma intuitiva e focada nos musicais, mas **nessa época, comecei a ter aulas com um maestro de ópera, que me permitiu conhecer outro registro da minha voz e trabalhá-lo. Também tinha aulas de dança.**

Por isso, como tinha muita coisa para fazer entre o teatro e as aulas de dança e canto, não me apresentava em muitos *castings*. Também não tinha nenhum projeto na televisão, porque, além do mais, **estava na "idade difícil": aquela que não servimos nem para papéis de menina, nem para adolescente.** Para alguns, eu era velha; para outros, muito nova.

Desconectada dos *castings* e testes, e embora houvesse cartazes por toda parte, nem tomei conhecimento de que tinham feito uma superseleção no México para participar de uma série do Disney Channel. Até que a genial Carmen Becerra – como já contei, foi uma companheira de teatro no meu início e hoje é como uma mestra para mim – comentou comigo sobre essa procura da Disney, e obviamente decidi me inscrever para a audição.

105· Com um pé na lua

Um dia antes dos testes, disseram que era preciso saber patinar. Um detalhe importante, certo? Nem por um instante duvidei da minha participação no *casting*, então naquela mesma tarde, peguei meus patins do tipo *roller* e fui praticar no parque. Embora estivessem pequenos nos meus pés, pois fazia muuuuito tempo que eu não usava, nem dei bola. Caí umas mil e uma vezes, tomei pancadas menores e outras consideráveis (que geraram alguns hematomas), mas, mesmo assim, **consegui praticar um pouco, pelo menos o suficiente para ficar parada sobre eles sem passar muita vergonha!**

Hora do teste

No dia seguinte, me apresentei ao *casting*. Lembro que, quando cheguei, estava muito nervosa, porque era uma grande oportunidade, embora não soubesse nem para qual papel eu estava sendo testada. Apesar de, logo na entrada, haver outras 15 garotas pré-selecionadas muito mais velhas e mais altas que eu, confiei que aquilo não definia nada.

Depois de me inscrever e completar algumas fichas, **tiraram uma foto minha junto a um banner ENORME do Disney Channel, e isso para mim já foi o máximo.** Só de ter a oportunidade de estar ali presente, já me encheu o coração de emoção... E não imaginava tudo o que viria mais tarde!

Eu tinha chegado ao *casting* com meus patins, porque achei que o teste seria com eles, mas assim que me sentei para esperar minha vez, recebi uns patins de quatro rodas. Com todo o

amor do mundo, coloquei-os nos pés e amarrei os cadarços, mas foi como subir em patins pela primeira vez: algo totalmente novo e uma experiência única!

Para não caírem, muitas das meninas, inicialmente, seguraram nas mãos de suas mães, mas eu, pelo contrário, disse: "Não me segure, mãe", e saí andando sozinha.

O teste consistia em se apresentar diante de algumas pessoas da Disney e ficar em frente à câmera para se mover, posar e patinar um pouco e, surpreendentemente e por sorte, não caí!

Depois, chegou a hora da dança, coisa que eu tinha muita segurança em fazer. E adivinhem só? Apesar de a produção ter mandado previamente um e-mail para avisar que deveríamos levar uma coreografia pronta, eu não o li, então não ensaiei nada. Ops! Por sorte, **o *coach* montou uma coreografia na hora e consegui realizá-la** (tudo sob controle, minha gente!). Para encerrar, fizemos uma dança em grupo, com todas as meninas que haviam se apresentado.

À tarde, tive que fazer um *casting* de canto, para que um professor avaliasse meu registro vocal e, **em seguida, tive que cantar "Rosas", uma música de La Oreja de van Gogh.** Tive muuuuuita dificuldade para aprender a letra e, ainda por cima, errei alguns trechos ao cantá-la, então o *coach* me disse para cantar outra. Na hora, sem pensar muito, escolhi "Detrás de mi ventana", uma música da minha cantora favorita: Yuri.

Desta vez, fui muito bem e me pediram que cantasse uma segunda música.

ERA PRECISO FICAR EM FRENTE À CÂMERA PARA SE MOVER, POSAR E PATINAR UM POUCO E, SURPREENDENTEMENTE E POR SORTE, NÃO CAÍ!

Ao finalizar a jornada, **foi o momento de atuar. Tive que fazer uma cena de *Sou Luna*,** na qual interpretei uma personagem que se chamava Lucía.

A verdade é que o dia foi bastante longo. O bom foi que, depois de atuar, **disseram para eu voltar no dia seguinte para a segunda audição.**

Quando saí, minha mãe me contou que, enquanto eu realizava o teste de canto, Darío Coronel, que é a pessoa que, junto com sua equipe, escolhe os talentos da Disney, aproximou-se dela e sugeriu que, para a chamada seguinte, eu fosse um pouco mais produzida, para dar um aspecto de mais velha. **É que eu tinha ido toda de rosinha e parecia muito novinha!** Também disse que eles tinham gostado bastante e que eu tinha muito talento, mas que, para ser sincero, me achava muito nova para o perfil que estavam procurando. Ops!

Segunda oportunidade

No dia seguinte, segui a recomendação de Darío Coronel e **fui um pouco mais arrumada para parecer uma adolescente:** maquiagem, saltos altos e roupa de acordo. Naquele ponto, já éramos apenas quatro meninas, e fomos fazer nossas audições em diferentes horários.

Nesse dia, também, fiz um teste de atuação, mas desta vez precisei interpretar uma cena com dois mexicanos escolhidos para fazerem parte do elenco da série: Michael Ronda e David Muri. Eles fizeram com que eu me sentisse segura e me ajudaram muito, porque me davam muitas deixas, algo que para um ator é muito importante. **Eu não acreditei que eles estavam me ajudando tanto!**

109· Com um pé na lua

ÓBVIO QUE ESTÁVAMOS DISPOSTAS A VIAJAR! ÓBVIO!

Mais tarde, fiz outro teste de canto. Cantei "Yo no creo en los hombres", de Alberto Fortis – que foi usada para a novela –, e fui muito bem.

Antes de irmos embora, Darío Coronel se aproximou de mim e da minha mãe para dizer que **eles tinham gostado muito do que eu havia feito, mas que me achavam muito nova para a personagem** e havia grande possibilidade de eu não ficar com ela. Apesar de afirmar que me considerariam para outros projetos em que eu pudesse me encaixar, porque viam que eu tinha talento e futuro.

A despedida foi com um "Beeeem, obrigado, a gente se vê", e **pensei cá com meus botões: "Ok, consegui chegar até aqui".**

DARÍO CORONEL NOS GARANTIU QUE ME CONSIDERARIAM PARA OUTROS PROJETOS EM QUE EU ME ENCAIXASSE...

Passou cerca de uma semana e, durante aqueles dias, procurei não pensar tanto em ser chamada, embora também não me desse por vencida, pelo que haviam dito para mim. Sentia que tinha me saído bem nos testes e meu desejo de ser selecionada continuava sendo imenso.

Até que, enfim, o pessoal da Disney ligou para minha mãe para perguntar **se estávamos dispostas a viajar para a Argentina para continuar os testes** e, caso fosse necessário, mudarmos de residência, porque o projeto seria realizado lá. Em seguida, a senhorita rabugenta disse que sim, que podíamos viajar e tudo era questão de conversar. Óbvio que estávamos dispostas! ÓBVIO!

Então, **mandaram as passagens para nós na semana seguinte.**

111· Com um pé na lua

Voar e voar

Tudo aconteceu tão rápido, que eu acho que nunca cheguei a processar a informação. Vocês não podem imaginar as coisas que passaram pela minha cabeça nesse curto tempo! Em primeiro lugar, **havia grande possibilidade de continuar os testes para "essa nova série"** (ainda nem sabia o nome), o que significava que tinha chances de conseguir o papel. Segundo, **ia viajar de avião pela primeira vez.** E, terceiro, pela primeira vez também ia viajar para outro país, **conhecer a Argentina.** Nervosa? O que acham? Muito!

Para viajar, tivemos que preparar um monte de coisas e, entre elas, algo fundamental: o passaporte. **"Onde está o passaporte?** Não acredito!", escutei minha mãe falando naqueles dias. O negócio é que **ele tinha se perdido e tivemos que fazer um novo em menos de uma semana,** o que não foi nada fácil. Minha mãe teve que fazer um malabarismo, porque pediram para enviar uma carta ao ministério e mais um papel, e outro, e mais um. Foi uma confusão de trâmites, apesar de que minha mãe, com a ajuda de muuuuuita gente, conseguiu!

Com o passaporte em mãos, já teríamos a possibilidade de começar a realizar o sonho: participar de um *callback* para o Disney Channel. E essa já era uma conquista incrível, de verdade.

Saímos do México numa terça-feira, 27 de janeiro de 2015, e chegamos à Argentina no mesmo dia. Ao chegarmos ao aeroporto de Ezeiza, o pessoal da Disney nos recebeu e tudo foi superlegal e muito tranquilo: levaram-nos a um hotel bem descolado e lá mesmo me entregaram os horários para os dias seguintes; tínhamos a agenda bem detalhada.

Tomada 2: Teste 2

No dia seguinte, foram ao hotel nos buscar bem cedo para ir ao teste de patinação durante toda a manhã. **Quando subimos na van, havia uma porção de rapazes, mas todos eram mais velhos que eu, TCHAM!**

Quando chegamos à pista em que iríamos patinar, eu não levei meus patins, então a professora de dança me emprestou os dela e os apertou o máximo que pôde.

Naquela mesma manhã, conheci Juampi, o professor de patinação, que **começou a nos ensinar e mostrar técnicas para não cairmos.**

Acho que fui a que mais caiu durante o teste, rá!, embora tenha avançado muito. Juampi sempre lembra que, quando cheguei, eu era um palito, com as perninhas fracas e muito franzina.

Depois, levaram-nos novamente ao hotel para almoçar e, **pela primeira vez, comi empanadas** (fiquei apaixonada pelas de presunto e queijo!). Mais tarde, passaram para nos buscar e nos levar até o estúdio de gravações, onde conheci Emi, o *coach* de canto, que pediu para passar uma hora comigo para conhecer minha voz.

Começamos a vocalizar e ele me acompanhou com o violão. Então, ele pediu que eu cantasse uma música, porém citei algumas que ele não conhecia, até que falei para ele tocar "Corre", de Jesse y Joy. Emi começou a tocá-la com o violão enquanto eu cantava. Devemos ter feito uns 20 minutos de aula, no máximo. Em seguida, Emi saiu e disse a todos que já tínhamos terminado, porque eu era muito rápida e o que eu tinha feito já estava bom, então não precisaria de uma hora.

ACHO QUE FUI A QUE MAIS CAIU DURANTE O TESTE, RÁ!

113. Com um pé na lua

APÓS A PRODUÇÃO, ENVELHECI UNS VÁRIOS ANOS.

Mais tarde, foi a vez das fotos com o elenco. Adivinhem só? **Novamente dei de cara com rapazes muito mais velhos que eu**, de 18 ou 19 anos. Então pensei: "É verdade que sou muito nova para esta série".

Fiquei um pouco nervosa, mas quando isso me acontece procuro não demonstrar a ponto de notarem. Finjo que estou supertranquila e que nada está acontecendo. Da mesma forma, foram bastante calorosos ao me receberem, **fizeram com que eu me sentisse à vontade, então logo meu nervosismo passou.**

Rapidamente, chegaram a maquiadora e a cabeleireira para preparar meu *look*. TUK! Após a produção, envelheci uns vários anos. **Fiquei irreconhecível: era uma Karol de 17 ou 18 anos!**

Depois disso, começaram as fotos. Sozinha, com o grupo, aqui e acolá. Quando terminou a sessão, começaram os ensaios artísticos. **Fiz uma cena com o Ruggero, com quem primeiro conversei e, depois, me apresentei diante de toda a equipe da Disney. Superincrível!**

O dia não terminou por aí: continuamos fazendo mais e mais fotos. Divertidas, brincando, sorrindo, agachados, de pé, com uns e com outros. **Milhões de fotos que ficaram gravadas na minha memória para sempre**, já que foram um momento muito importante da minha carreira.

Os testes acabaram no dia 31 de janeiro e me disseram novamente: "Muito obrigado. A gente se vê". Outra vez? Ufa!

Nesse mesmo dia, voltei com minha mãe para o México.

GASTANDO

Como a produção havia dado pesos argentinos para nossas despesas de viagem, e tinha sobrado bastante, assim que chegamos ao aeroporto de Ezeiza para voltarmos para casa, compramos um monte de lembrancinhas e presentes para todo mundo. Mas ainda tínhamos muito dinheiro, então falei para minha mãe: "Não vamos gastar tudo, porque vamos voltar". Ela me disse para não ficar criando muitas ilusões, porque não queria que eu me entristecesse se o projeto não fosse para a frente.

Minha curta visita à Argentina havia sido o melhor sonho e, **nos quatro dias que ficamos de um lado para o outro, pude aproveitar tudo que estava acontecendo.**

Fui embora com a sensação de que tinha me saído bem nos testes e que, embora estivesse na cara que eu era muito nova, esse não seria um impedimento para ficar com o papel (que eu não sabia qual era, nem o nome, nem que lugar ocupava na série).

115· **Com um pé na lua**

A ligação mágica

Tão logo voltei para o México, retomei o teatro e continuei fazendo apresentações como sempre. Na mesma semana, mandaram um comunicado para mim do departamento de talentos da Disney para me dizer que às 11 da manhã do dia seguinte iriam ligar para conversar com calma comigo. "O que será?", disse para mim. **Nervos à flor da pele, emoção, dúvidas, tudo junto!**

No dia seguinte, quando minha mãe me acordou e me disse: "Já são quase 11h", pulei da cama e fiquei plantada ao lado do telefone. Até que triiiiiiim! Atendi no primeiro toque; do outro lado estava Darío Coronel, que me avisou que estava com várias pessoas ao redor que escutariam nossa conversa. "Vamos, anda, quero saber o que está acontecendo!", pensei comigo mesma.

Ainda me lembro da frase completa: **"Gostaríamos de dar a notícia de que você foi escolhida para o projeto *Sou Luna*".** Em seguida, comecei a chorar, mal podia acreditar, de verdade. Agradeci e disse que prometia jamais decepcioná-los. **Ele então me respondeu que eu não podia decepcioná-los, porque... EU IA SER A PROTAGONISTA.** Eu era a escolhida para ser Luna Valente.

Cooooomo?! Comecei a gritar de felicidade: "Mãe, estou no projeto da Disney!". Meus pais não estavam entendendo nada, estavam em choque. Em seguida, passei o telefone para a minha mãe, porque Darío queria falar com ela.

Enquanto ela falava, saí correndo até o meu quarto e comecei a arrumar as malas. Puxei tudo para fora: roupas, brinquedos, acessórios, sapatos, duendes, cobertores, colchas. Coloquei tudo em malas enormes, e o que não cabia, guardei em sacolas daquelas pretas, supergrandes. Eu tirava e guardava, tirava e guardava. Por pouco não levei a cama. Não sabia que só podíamos levar 25 quilos por pessoa, o que equivale a uma mala média cheia! Ups!

O CORAÇÃO BATIA TÃO FORTE QUE DAVA PARA ESCUTÁ-LO EM TODA A CIDADE DO MÉXICO.

Minha mãe continuou falando, enquanto eu entrava e saía do meu quarto, chorando e rindo, tudo ao mesmo tempo, por conta da emoção que eu sentia. **O coração batia tão forte que dava para escutá-lo em toda a Cidade do México.**

Quando desligou o telefone, minha mãe veio me abraçar e dar os parabéns. Mas ao ver que meu quarto estava quase vazio e todo bagunçado, começou a rir muito. Depois ela me acalmou um pouco e me explicou que não poderia levar todas aquelas malas, que tínhamos que nos organizar porque na quarta-feira, dia 18 de fevereiro de 2015, em uma semana, **deveríamos estar na Argentina para começar com as oficinas e todos os preparativos de** *Sou Luna.*

117· Com um pé na lua

À DISTÂNCIA

Para ser sincera, no início, nenhuma de nós duas jamais pensou em tudo o que implicava nos mudar por um ou dois anos para a Argentina (tomara que sejam mais). Não houve tempo para assimilar ou analisar muito. Só agora, que já faz um bom tempo que estamos aqui, começamos a nos dar conta do fato de estarmos sozinhas, longe de nossa família. Apesar de que mantemos contato frequente com os parentes pelo WhatsApp ou redes sociais, para não sentir tanto a falta deles.

Disfarçadas

Como tudo foi muito rápido, **fomos sem avisar a quase ninguém da família e não houve festa de despedida nem nada.** Os que ficaram inteirados não podiam saber o que eu vinha fazer na Argentina, porque o projeto tinha que ser mantido sob sigilo até o lançamento oficial.

Portanto, dissemos a muitos conhecidos, amigos e familiares que estávamos viajando para Miami para gravar um projeto X, e por alguns meses eu "desapareci" das redes sociais. Postava uma ou outra foto, mas **não punha onde estava nem mostrava nada que pudesse revelar que estávamos na Argentina.**

Foram ao aeroporto para se despedir meu pai, meu irmão e algumas amigas da minha mãe. Entre elas, uma pessoa que levo e levarei sempre no coração: Norma. Foi difícil para mim, porque sabia que estava indo, mas não quando iria voltar. Embora, em verdade, não fosse tristeza o que eu sentia.

Novamente na Argentina, ficamos hospedadas por cerca de 20 dias em um hotel do bairro de Palermo, até que nos mudaram para um apartamento e começaram as oficinas. **Eu estava desesperada para começar! Não queria passear mais, nem ficar dentro do hotel. Tinha vontade de trabalhar. Queria, enfim, ser Luna Valente.**

119· Com um pé na lua

Luna Valente em ação

CAPÍTULO I DE SOU LUNA.

No primeiro dia em que finalmente comecei a trabalhar, conheci meus companheiros, que fizeram uma recepção extremamente acolhedora. Como até então já tinham passado várias garotas pelo papel e não sabiam quem ficaria como protagonista, estavam felizes em conhecer a "Luna confirmada", como me disseram. Tudo foi muito legal.

A partir daí e antes de começarem as gravações, **durante seis meses treinamos com todo o elenco fazendo várias oficinas. A primeira em que participei foi de patins.** Enfim me deram um par de patins que andavam superbem e pude testar a pista com meu treinador, Juampi Piancino.

Meus companheiros já vinham praticando muito e arduamente, então estavam bem avançados, podiam fazer alguns giros, saltos ou patinar para trás. Por ter entrado um pouco mais tarde, tive que me esforçar para ficar no mesmo nível que eles, mas não demorei para alcançá-los.

Juampi e eu nos demos muito bem logo de cara, e além do mais ele é um gênio! Um excelente profissional que admiro muito. Ele me ajudou demais nesse processo de aprendizagem. Sabia que eu não tinha experiência patinando, mas sempre me dizia para

121· Luna Valente em ação

não me preocupar com isso, porque eu era muito boa e tinha muita facilidade para aprender.

A verdade é que, graças a ele, pude avançar bastante. **De mal saber patinar para a frente, agora consigo fazer coreografias sobre os patins, giros ou saltos.** Consegui evoluir também porque sou muito flexível e tenho muita facilidade para fazer figuras e outras manobras.

Depois de tanto tempo que compartilhamos juntos, Juampi já sabe como sou e, às vezes, me mostra um passo ou uma manobra e me desafia: "Será que você consegue fazer isso?". E eu não paro até conseguir. **É que sou muito intensa com meu trabalho e o uso como um teste de superação!**

Além das oficinas de patinação, tivemos outras de canto, dança e atuação. Foram bastante exigentes, então tínhamos aulas todos os dias. Mas como na Argentina – diferentemente do México – os menores de 18 anos, por lei, não podem trabalhar mais que seis horas por dia, tudo devia estar enquadrado nesse tempo, e também por isso muitas vezes eu tinha oficinas em horários diferentes dos meus colegas de *set*.

ESTÁ DISPOSTA?

Poucos dias depois de ter chegado, deram o contrato para a minha mãe. Ela leu para mim em voz alta (páginas, páginas e mais páginas... Que tédio!) e me explicou que ali ficava claro que seriam dois ou três anos de gravação na Argentina. "Está disposta?", ela me perguntou. Não tive dúvida alguma e respondi que sim. Apesar da dificuldade de estar longe do meu lar e do meu pessoal, valia a pena, porque eu sempre havia sonhado com aquilo.

Hora da gravação

Depois dos seis meses de oficinas e de vários testes de figurino, maquiagem e penteado, **finalmente chegou a hora de gravar o primeiro capítulo!** E sabem onde foi? Nada mais, nada menos que no meu amado México, mais precisamente em Cancún, local do nascimento da minha personagem, Luna Valente.

Viajamos para lá com alguns rapazes do elenco, onde dividimos o hotel e vivemos muitas experiências juntos, principalmente a adrenalina que significava gravar as primeiras cenas desse novo e fabuloso projeto.

Minha primeira aparição na frente das câmeras como Luna Valente foi uma cena de que gostei muito: Luna está patinando e no fundo se vê uma imagem maravilhosa do mar e a inscrição: "Cancún".

Para essa cena, eu tinha que sair patinando e dizer uma fala muito longa, mas como havia uma infinidade de informações na minha cabeça – patina direito, flexiona, freia, isto, aquilo outro... –, sentia que o texto era tão difícil de decorar como o de um papiro egípcio!

UM POUCO DE MAGIA

Quando o *set* de gravação em que hoje passamos a maior parte de nossas horas ficou pronto, todos os atores entraram para vê-lo, mas eu não quis. Não por medo, nem superstição, nem nada do estilo, mas sim porque queria entrar e descobri-lo no momento em que fosse gravar. Queria que a magia acontecesse diante dos meus olhos naquele momento exato, não antes.

Boas companhias

Desde o dia em que os conheci, sempre me dei muito bem com meus parceiros de elenco. Foi muito rápida a identificação entre nós, sabermos como era cada um e nos acostumarmos a compartilhar nossos dias.

Nas gravações e ensaios, caímos, rimos e nos divertimos de montão. Constantemente nos ajudamos, e entre nós rola um clima bastante legal.

Tanto no teatro quanto na televisão, até agora eu sempre tinha trabalhado com pessoas mais velhas. É a primeira vez que estou com um elenco juvenil como este e durante tanto tempo. E a verdade é que tenho consciência de que **é muito divertido estar rodeada de adolescentes, viver diariamente momentos com gente da minha idade.** Embora eu seja a mais nova e tenhamos alguns anos de diferença, a maioria de nós tem idades muito próximas, e com isso compartilhamos muitas coisas.

Além do mais, nestes quase dois anos que estou em *Sou Luna*, aprendi muuuuito com meus companheiros. **Estar com eles me ajudou a crescer como pessoa, é maravilhoso!**

Como profissional, cada um tem ferramentas que talvez o outro não conheça, então pode ser a oportunidade de aprendê-las e incorporá-las, tanto dos mais velhos como dos mais novos. Cada um contribui com o que pode.

Estamos tão juntos que **agora já nos conhecemos e nos vemos todas as manhãs.** Às vezes acontece de alguém rir ou fazer uma careta, e já sei o que ele ou ela está pensando.

Eu me dou muito bem com o Rugge (Matteo) e temos uma química muito bacana. Eu digo que ele é como meu irmãozinho, porque fica bravo comigo se faço algo de errado em alguma situação, ou me elogia quando faço algo de bom.

Além do cotidiano, compartilho muitas situações únicas com os rapazes. Por exemplo, quando fomos para a Rádio Disney, no Chile, com todo o elenco e nos apresentamos, realizando nosso primeiro espetáculo. **Ao chegar ao auditório, demos de cara com milhares de bandeirolas com a cara da Luna. Noooossa!**

A resposta da plateia foi impressionante. Não dava para acreditar. Ao sair do show, fomos jantar para comemorar, porque o que havia acontecido foi incrível para todo mundo.

125· **Luna Valente em ação**

MEUS DIAS E MEUS HORÁRIOS

Todos os dias, gravo aproximadamente seis horas. Às vezes um pouco menos, mas nesses casos aproveitamos o tempo para ensaiar. Gravamos nos estúdios onde está o *set* do Jam & Roller, a pista de patinação, e pouquíssimas vezes fazemos tomadas externas. Em geral, as jornadas são das 8h às 14h; raras as vezes são das 14h às 20h. Não gosto muito desse horário, já que não estou acostumada. É que muitas vezes já estou dormindo às 21h!

De cabeça

Vou contar um segredo para vocês, que a partir de agora deixará de ser um segredo. Em uma cena da primeira temporada, uma das personagens me empurrava e eu caía em uma piscina. O diretor me propôs que eu usasse uma dublê, porque os patins, quando em contato com a água, deslizam muito. Eu disse que, assim mesmo, queria fazer a cena. Mas ele me disse que não podia correr esse risco, que era muito perigoso. **Beleza.**

Ao começar a gravar, avisaram que não era para eu me jogar, porque aquela seria apenas uma tomada de rosto e detalhes. Que depois faríamos a tomada com filmagens distantes com a dublê. Respondi que sim, mas de repente, **para eu sair na cena, cravei o pé e me joguei. Fiquei toda encharcada!** Lembro que gritaram "Karol!", porque, claro, desapareci do quadro. Todos saíram correndo para ver como eu estava e, em seguida, me perguntaram por que eu havia me jogado, mas disse que não, que tinha sido um acidente **(este é o segredo, shhhhh!).**

Como estava toda molhada, tiveram que parar toda a gravação para novamente trocar de roupa, maquiar e pentear. Além do mais, tinham que

127· Luna Valente em ação

secar meus patins, porque naquele dia eu não tinha levado um par sobressalente.

Atrasei a gravação e todos ficaram muito nervosos. Mas como sabia que não iam me deixar fazer se voltasse a levantar a questão, então fiquei quieta no meu canto, e depois, sim, pude gravar a queda. Por sorte, deu tudo certo e não me aconteceu nada. Que cabeça-dura!

BATISMO

Quando entra um novo companheiro no elenco de *Sou Luna*, ou quando vem alguém fazer uma participação especial, fico escondida atrás da torre de controle e, assim que entram no *set*, grito "Buuuu!", dou um susto. É uma brincadeirinha com a qual todos se divertem, relaxam e que "quebra o gelo".

Entre Karol e Luna

Eu sou muito parecida com a Luna. Tanto que, quando me deram o roteiro da personagem, achei que haviam escrito para mim. **Eu sou como a Luna: extrovertida, autêntica, guerreira.** Nenhuma das duas se dá por vencida facilmente e, se queremos alguma coisa, vamos atrás do que for. Talvez eu seja um pouco mais intensa que a Luna.

Durante a primeira temporada, aconteceram coisas na história que também ocorreram comigo, e isso foi muito maluco, muitas coincidências! Por exemplo, quando viemos morar na Argentina, perguntei à minha mãe se ela acreditava que iríamos voltar logo para o México e ela me respondeu que não sabia. Que o que sabia, de fato, era que eu estava a ponto de realizar um sonho e tinha que aproveitá-lo. Quando estávamos gravando em Cancún, Luna pergunta a Mónica, sua mãe, se acreditava que voltariam logo a Cancún. E sabem o que ela respondeu? "Não sei, mas começa uma nova aventura para Luna Valente." Quando li esse texto, pensei "já vivi isso antes". Foi como um *déjà-vu*.

Aconteceu a mesma coisa quando, em uma parte da história, Luna não encontra seu passaporte. Como eu quando tive que viajar para a Argentina! Várias vezes me disse: "Ei! Há muitas coincidências! Estão escrevendo a história ou existe uma câmera me seguindo para ver o que faço?".

O que me diferencia da Luna é o nosso *look*. Algo que, imagino, fique nítido nas fotos. Quando posto fotos nas redes sociais, podem ver que **sou mais estilosa ao me vestir, mais principesca: saltos altos, vestidos, batons com cor forte, muito mais maquiagem.** Por outro lado, a Luna tem um *look* mais colorido e adolescente. Meu cabelo é liso, enquanto que o da Luna não, porque ela faz "chinitos", como chamam os cachos lá no México.

O QUE ME DIFERENCIA DA LUNA É O NOSSO *LOOK*.

Querid@s fãs

Sei que **todo o sucesso de *Sou Luna* se deve aos fãs**: são eles que veem a série, compram os produtos, a entrada para o show... Os fãs são muito, muito importantes, porque movem tudo e é graças a eles que sou conhecida.

Por tudo isso, e porque gosto de ser grata, assim como a minha família me ensinou (como já contei, sobretudo minha avozinha Berta), **adoro manter contato com eles.** Sempre estão por aí, nas 24 horas do dia, mandando mensagens: desejam um bom dia ou me dizem que gostaram de alguma coisa que postei e, se não posto fotos, dizem que estou desaparecida e perguntam o que aconteceu.

129· Luna Valente em ação

É impressionante, porque não somente me seguem na Argentina ou no México, mas na Europa também. Nooossaa!! Não dá para acreditar que sou conhecida em toda a América Latina e na Europa.

Gosto tanto de manter contato com os meus fãs que, às vezes, digo à minha mãe para irmos às compras, ao supermercado ou ao shopping para aproveitar e dedicar esse tempo a eles.

Se estou me sentindo mal, prefiro ficar em casa. Não quero ser grosseira com as garotas e os garotos que me cercam com todo o amor do mundo para me cumprimentar ou tirar uma foto ao meu lado. **Gosto de estar alegre, recebê-los bem e compartilhar com eles um momento bacana.** Fico feliz de saber que eles me conhecem pelo que for: da televisão, do meu canal no YouTube ou das revistas.

Às vezes quando estou caminhando e **vejo uma menina ou um menino me olhando, dou meia-volta e os cumprimento.** Em seguida, eles dizem a suas mães ou à pessoa com quem estão: "Olha só a Karol Sevilla, de *Sou Luna!*". **Então, quando a mãe dá meia-volta, o que faço é girar um pouquinho para que ela não me veja. Haha!** É uma brincadeirinha. Depois eu me aproximo e falo para tirarmos uma foto.

Fico fascinada com a reação das crianças quando me veem e se surpreendem, não dá para acreditar o quanto seus olhos brilham! Parece até que viram um monstro ou um fantasma. **Não é uma travessura tão ruim, é?**

FICO FASCINADA COM A REAÇÃO DAS CRIANÇAS QUANDO ME VEEM E SE SURPREENDEM.

AS TRAVESSURAS DA MINHA MÃE

Quando vamos a alguma loja de roupa, já a peguei dizendo a algumas meninas: "Aquela que está ali é a Luna. Vejam só, a Karol está ali, peçam uma foto". Depois as meninas, intrigadas, aproximam-se devagar, passam ao meu lado e, então, me dou conta de que foi minha mãe que disse que eu estava ali. Haha! Eu acho isso muito fofo.

Minhas músicas favoritas

Como todos vocês, eu também tenho as minhas músicas favoritas de *Sou Luna*. "Alas" é uma das que mais gosto. Eu me identifico muito com a letra, porque fala de realizar um sonho e eu o estou realizando com este projeto. Há uma frase que adoro, na qual me vejo retratada: **"E se caio, eu volto, vou, eu vou e volto, e vou"**.

Essa é uma frase muito da Karol Sevilla, porque penso que se você cai, é preciso se levantar, e se volta a cair, mãe do céu, levante-se, porque é preciso seguir em frente.

Outra que eu gosto bastante é "Música en ti". Poderia ser a expressão do lado sentimental ou romântico da Karol.

A segunda temporada tem duas músicas que eu adoro, mas obviamente não posso adiantá-las. Vocês vão ter que esperar um pouquinho!

♡ VIDEOCLIPE DE "SONREIR Y AMAR".

Voltar ao México

Em maio de 2016, voltei ao meu querido país para uma sessão de autógrafos do meu disco. Caramba, foi impressionante! Quando cheguei ao aeroporto, havia um montão de gente me esperando. **Meninas com gorros, cartazes e camisetas com a inscrição "Karol Sevilla Oficial", a conta do fã-clube do México.** Fiquei gelada: "São para mim?". Lembro que começaram a gritar, vieram me abraçar, algumas choraram... **Foi como "nossa!", como as coisas mudaram.** Percebi que agora sim eu estava num patamar bem alto e **havia dado o passo que sempre sonhei.**

VOLTAR AO MÉXICO, E AINDA MAIS COM ESSA RECEPÇÃO, FOI INCRÍVEL.

Quatro mil pessoas compareceram à sessão de autógrafos. Mesmo assim, um dia me animei de passear com meu irmão e meu tio pelo shopping. Como as pessoas sabem que moro na Argentina, muitos se perguntavam ao me ver: **"Você é a Karol, a da televisão?".** Parecia uma coisa do outro mundo.

A verdade é que fiquei poucos dias e com uma agenda muito apertada. Tanto que tive de ficar em um hotel do centro para otimizar as horas de traslados e ficar à disposição para todas as produções, apresentações ou eventos que tive durante essa curta estadia.

O bom é que pude voltar para lá com a minha mãe, mas de férias. **Ah, siiiiim, férias!** Primeiro, fomos passar alguns dias em Cancún, eu, minha mãe, meu pai e o Mauricio, para aproveitar a praia, o sol e, claro, a união familiar; e depois passamos uma semana em nossa casa do México. Lá visitamos nossos familiares e voltamos, ao menos por um curto período, à nossa vida normal.

MEU SONHO

Sempre sonhei em ser a protagonista de uma novela, e sabem por quê? Porque quando participava de alguma novela, via que a protagonista tinha muitíssimas cenas no roteiro. "Que ótimo seria ter seu nome e sua personagem em todo o roteiro", sempre dizia à minha mãe. E agora estou em todas as cenas! Agora penso que está ótimo, mesmo sendo desgastante de vez em quando.

Até logo, Luna

O capítulo 80 da série, o último da primeira temporada, foi mágico. Nunca vou esquecer. A princípio, porque **consegui coisas que jamais pensei que chegaria a fazer.**

Nesse capítulo, por exemplo, Luna e Matteo fazem uma manobra de patins em que ela sobe nos ombros dele com os patins nos pés. No início, pensei que teria de subir lá e senti um pouco de tontura e insegurança. Mas depois tomei coragem – Karol não se dá por vencida facilmente, amigos –, praticamos com o *coach* e consegui, eu fiz! Foi uma sensação incrível. **Eu me senti como uma patinadora profissional.**

Nessa gravação, senti a junção de várias emoções. Era o final da primeira temporada, o encerramento de uma pequena parte do ciclo, e com todo o sucesso a nosso favor. Conquistamos muita coisa durante essa etapa, principalmente patinar, e quem imaginaria que a gente conseguiria terminar patinando tão bem?

Nestes dois anos vivemos tantos momentos legais que é quase impossível lembrar de um só. Cada um dos dias que se passaram entre o *set* e os eventos relacionados foi único. Cada gravação, cada comemoração, cada lágrima, cada risada...

Pessoalmente, várias vezes acordo e digo para mim mesma: "Hoje vou gravar, estou em uma série, sou a protagonista... estou realizando meu sonho". Porque **há períodos em que tudo passa tão rápido que nem percebo onde estou.** É importante reservar um tempo para assimilar o que está acontecendo comigo.

Espero que nas próximas temporadas a gente continue tendo o sucesso que alcançou na primeira. Eu acredito que essa seja uma série que atrai muito, além de mostrar um esporte como eixo central. Isso estimula os jovens a praticar algo divertido e que, ainda por cima, os ajuda fisicamente. O tema relacionado aos patins, para mim, o torna especial... mágico!

Também sinto que o legal da história é que é tudo muito real. Os personagens são muito verossímeis e qualquer um pode se sentir identificado. Muitas garotas são como a Luna: desligadas, sonhadoras, inquietas... **Acho muito legal que as meninas possam se ver retratadas no papel que interpreto.**

Meu sonho é que a gente continue por muitas temporadas mais, porque gosto muito, muito mesmo, de ser Luna Valente!

GOSTO MUITO, MUITO MESMO, DE SER LUNA VALENTE.

Luna Valente em ação

Karol na vida real

Depois de ter morado um tempo no bairro de Palermo, **eu e minha mãe procuramos um lugar mais amplo, onde tivesse mais tranquilidade** e, em janeiro de 2016, nos mudamos para Martínez, província de Buenos Aires. O bairro é muito *cool* e pitoresco, com casas baixas, calçadas com grama e pequenas árvores.

O apartamento tem uma janela enorme, que amo, pois por ela entra toda a luz do dia. Adoro passar meu tempo contemplando o dia. Mas o que **gosto mesmo é de aproveitar minha cama linda e confortável.**

No momento, nem sonho nem me interessa morar sozinha, primeiro porque sou nova, segundo porque minha mãe me mimou bastante. Não sei cozinhar e só tenho um pouco de talento para afazeres domésticos simples, mas não muito mais. Fora isso, eu **preciso que haja barulho dentro de casa, alguém que grite, que me diga o que fazer.** E quem melhor do que minha mãe? A senhorita rabugenta tem que estar sempre ao meu lado.

137- Karol na vida real

Já disse que adoro dormir, certo? Bom, por via das dúvidas, é melhor lembrá-los: **amo dormir, então, sempre que tenho um tempinho livre, procuro logo algum lugar para descansar.** Onde eu estiver, pego minha cobertinha, acomodo minha almofadinha e ZZZZ.

Nos fins de semana, falo um bom tempo com meu irmão e meu pai por videoconferência. Também gosto muito de assistir a filmes, ler algum livro e aproveitar esses momentos de não fazer nada para pensar em ideias para meu canal do YouTube.

Tudo sobre mim

Quando cheguei à Argentina, muitos dos meus amigos me disseram que seria um barato se eu **criasse um canal no YouTube, para falar sobre mim e contar coisas divertidas do meu dia a dia.** A verdade é que essa ideia nunca tinha passado pela minha cabeça. Achava que o que eu sabia fazer bem era interpretar um personagem. Além do mais, parecia muito difícil falar de frente para a lente da câmera, porque quando gravamos para a televisão nunca a olhamos. Não sabia como seria.

Finalmente, depois que meus amigos insistiram, decidi fazer um teste. "Boooooom, tudo bem, mas só um, combinado?" Um dia antes de gravar o vídeo, escrevi uma espécie de roteiro ou guia. Mas quando comecei a memorizá-lo, eu me dei conta de que, se eu queria mostrar como realmente sou, ser sincera e transparente, não tinha por que haver um roteiro. Então o deixei de lado e comecei diretamente a falar com a câmera.

O primeiro vídeo foi uma apresentação, e a verdade é que gostei muito de fazê-lo. Então disse para mim mesma: "Ok, vamos fazer outro".

A partir da hora em que o postei, apenas alguns dias depois, um monte de gente já tinha visto e consegui uma quantidade enorme de inscrições. Foi tipo "nossa!". **Permitiu também que eu visualizasse, de certa maneira, tudo o que estava acontecendo fora dos estúdios da televisão.**

Pouco a pouco, fui me entusiasmando com o canal e comecei a incluir diferentes ideias... minhas ideias! Acho que o importante desse espaço, **a essência do meu canal, é que me mostro como sou de verdade: Karol na vida real.**

Em geral, gravo os vídeos sentada na minha cama. Mostrar o meu quarto, um lugar muito pessoal, para que possam ver o que tenho e as coisas que gosto ou uso diariamente, parece ser um atrativo para meus seguidores e faz com que seja um sucesso.

Eu mesma que gerencio o canal e **as ideias geralmente surgem quando estou dormindo. Haja momento de inspiração!** No meio da madrugada, se me vem algo à cabeça, anoto tudo em um caderninho que tenho próximo à cama.

O MELHOR PROGRAMA PARA MIM É VER FILMES NA CAMA E COMER, COMER E COMER DE TUDO, PRINCIPALMENTE PIPOCA.

139· Karol na vida real

Sempre procuro fazer coisas originais, para não repetir assuntos que outros youtubers já tenham feito. O "50 coisas sobre mim" repeti, porque é um clássico. Mas mesmo assim **procuro fazer coisas que me vêm à mente, como "15 fotos sobre mim", onde mostro imagens das pessoas mais importantes na minha vida**, como meu cachorrinho Doky ou Robin Vega (bom, dê uma olhada!).

OLHANDO PARA A CÂMERA
Faz uns meses que comecei com o canal e já tenho quase três milhões de inscritos, e os vídeos foram vistos umas cinco milhões de vezes, por pessoas de mais de 190 países diferentes. Incrível!

Favoritos

***Hablando Sola*, de Daniela Rivera Zacarías, é um livro que li muito** e sempre o levo nas minhas viagens. Fala sobre uma menina, da experiência de sua adolescência. Ela passa por diferentes coisas e fica comentando sobre elas. Eu me divirto. **É muito legal!**

Gosto também de ler romances, como *Crepúsculo*, e depois assistir aos filmes.

Para os contos, sou bem menininha: adoro os de fadas (sim, não só os bichos de pelúcia...). Eu tinha um livro que contava histórias de elfos, duendes e fadas, que li mil vezes.

Outros livros escolho porque me chamam a atenção quando os vejo na livraria. Embora, às vezes, eu leia as primeiras páginas durante uma semana e depois os deixe de lado. Tenho que me sentir presa para continuar.

Agorinha não estou lendo muito porque **estou muito fã da série *The Walking Dead*.** Puuuutz. Adoro. Na verdade, já estou no fim e quero vê-la outra vez.

Apesar de não ter muito tempo, essa série me fascinou e procuro ver, pelo menos, um capítulo por dia. *The Walking Dead* é de terror, mas **chorei até não poder mais, porque fico muito compenetrada nas histórias**, eu me identifico com as personagens. Será porque sou atriz? O que você acha?

Me diverte
- Jogar boliche.
- As maquininhas dos shoppings, daquelas do tipo de *videogame*. Agora não tenho ido muito frequentemente, apesar de gostar muito, MUITO.
- Jogar Playstation, até ele ter queimado! Quando vim para a Argentina, conectei-o na tomada e, por conta da diferença de voltagem, puff!

Me irrita
- As injustiças. Na verdade, me tiram do sério.

Me deixa triste
- Estar tão longe da minha família.

Me encantam
- As redes sociais. Uso todas: Snapchat, Instagram, Twitter, Facebook, YouTube... Cada uma tem sua graça. Adoro ver o que acontece em cada uma, ler os comentários e responder. Eu mesma gerencio as minhas redes, porque realmente gosto muito de fazer isso e de ter contato com as pessoas.

Não gosto...
- Fazer trabalho doméstico.

141· **Karol na vida real**

ROBERT *FOREVER*

Robert Downey Jr., o Homem de Ferro!, é o meu ator mais que favorito. Toda vez que o vejo, por pouco que não choro. Acho o trabalho dele incrível em todos os personagens. Sou fã número um. Sonho em trabalhar com ele, ou pelo menos poder vê-lo e dizer "oi".

Rodando pelo mundo

Apesar de não ter sobrado tempo para visitar muitos lugares, **adorei fazer uma turnê pela América Latina e pela Europa.** Quando fazíamos tomadas externas, aproveitávamos os trajetos de carro para conhecer diferentes bairros e lugarejos.

Minha mãe sempre ia tirando fotos, e o engraçado é que às vezes ela colocava: "Estivemos aqui". Só que não tínhamos ficado nem dois segundos e só tínhamos passado de carro!

Tem uma história que PRECISO contar para vocês: quando fomos trabalhar na Disney nos Estados Unidos, com Ruggero, minha mãe estava caminhando pelo parque, e eu a vi tirando algumas fotos. Logo em seguida, vejo que ela pôs em sua rede social: "Aiiii, adorei este brinquedo!". O quê? Se nem tínhamos subido! Mas eu a curti e comentei: "Sim, nós nos divertimos muito, conte a todos como foi legal o brinquedo".

A verdade é que rimos muito com esse tipo de coisa.

Nessa mesma viagem, em determinado momento fiquei sob os cuidados de outra pessoa, porque ela, **MINHA MÃE, deu uma "fugida".** Estava felicíssima por estar pela primeira vez na Disney, então foi assistir ao desfile. **Queria ver a Fada Sininho e as Esquiletes ao vivo.**

Na Disney, com o Rugge, cantamos "Alas" e "Mundo ideal" em frente ao castelo. Imaginem esse cenário, tão lindo! Lá também **gravamos um programa especial de Natal para o Disney Planet. Foi um momento mágico.**

Na Disney Paris, aí sim pude passear e viver uma experiência única. Fui com meu irmão e minha mãe ao desfile, e **o Balu se aproximou para me dar um abraço.** Até pude tirar uma foto com ele! Fiquei superfeliz, foi maravilhoso e mal deu para acreditar.

O que não gosto nas turnês e nas viagens longas é a mudança de fuso horário. Sinto que durmo muito pouco e tenho sono o tempo todo. Até durmo de pé!

Quando estive viajando com a minha família, foi absurda a mudança de horário: olhava para o celular e mostrava que eram onze da noite, mas para mim já era umas quatro da manhã. **Gente, eu preciso dormir!** Para o meu coala interior, oito horas é pouco.

UMA MANIA

... antes eu roía as unhas e **agora arranco o esmalte.** Deixo as unhas bem lindas e depois arranco tudo. Começo aos poucos e, quando me dou conta, já tirei tudo.

ALGO IMPOSSÍVEL

... **piscar um olho.** Nenhum dos dois. Às vezes, pedem que eu tire uma foto piscando um olho, mas não tem jeito, não consigo. Fico franzindo todo o rosto, mas não consigo. Desculpem se decepcionei vocês.

UM DEFEITO

... nunca, mas **nunca, tenho bateria no celular.** Por isso podem me ver pendurada em qualquer lugar carregando meu telefone. O pior é que levo comigo uma bateria recarregável, mas também está sempre vazia.

UM MEDO

... **do escuro.** Nunca gostei. Sempre durmo com alguma luzinha acesa.

UMA DIABRURA

... **comer Nutella escondido na minha cama.** Minha mãe coloca o pote na parte de cima dos armários da cozinha, mas eu dou um jeito de pegar e escondo no meu quarto. Pego o pote e tuki, tuki, tuki, acabo com tudo às colheradas. Se a escuto vindo, zás!, guardo tudo. O pior é que às vezes coloco embaixo do cobertor e, quando vem a Josefina, que nos ajuda a limpar a casa, ela encontra a cama toda cheia de chocolate. **Shhh, não contem à senhorita rabugenta, por favorzinho!**

UM RITUAL

... antes de me apresentar em algum lugar, gosto de **ir sozinha, rapidinho, até o cenário** em que vou estar, longe de todos. Muitas vezes, peço à minha avozinha Berta que esteja comigo e me acompanhe. Às vezes, converso com ela, conto o que estou vivendo. E, alguns segundos antes de entrar em cena, o que faço é tocar o chão. Sinto que quando faço isso, eu me conecto ao lugar e isso me faz curtir ainda mais. É como ter os pés bem firmes na terra.

SONHOS

- **Gravar um disco e poder sair em turnê.** Acho que uma cantora tem mais possibilidades de se aproximar dos fãs e de conhecê-los, já que pode visitá-los e fazer um show em seu país. Sendo atriz, você só entra em contato com os fãs quando faz teatro e eles vão vê-la. Fazendo televisão, a gente só os vê na porta ou em alguma sessão de autógrafos.
- **Protagonizar** *Matilda* ou alguma **musical na Broadway**, óbvio. Adoraria estar lá, claro!
- **Fazer** muito **cinema**.
- **Trabalhar** no **Japão** e gravar um disco lá.
- Ir para a universidade para **estudar Fotografia** ou **Design de Moda**.

Dicionário Karol

- **Te echo chisme**
  (fiz fofoca de você)
- **Qué chido**
  (que excelente)
- **Que onda?** (E aí?)
- **Qué oso**
  (que mico)
- **Qué ondukis?**
  (por favor)
- **Tuki**
- **Porfis**
  (por favorzinho)
- **No, hombre a ti**
  (quando me dizem "gracias", obrigado, eu respondo "no, hombre a ti", que na Argentina é como dizer "de nada", e muitos acham que eu falo "nombre", haha)
- **Bien padre**
  (excelente)
- **Mamacita**
  (mamãezinha)
- **Huele moles**
  (arroz de festa)

147· Karol na vida real

HORA DE ESCOLHER

- Praia ou montanha: **praia**
- Introvertida ou extrovertida: **extrovertida**
- Chuva ou sol: **sol**
- Rádio ou TV: **TV**
- Dia ou noite: **noite**
- Time de futebol: **San Lorenzo (e Las Chivas)**
- Cor: **amarelo (e rosa)**
- Signo do zodíaco: **Escorpião**
- Esporte: **natação**
- Instrumento musical: **piano (e bateria)**
- Tipo de dança: **pop**
- Estação do ano: **verão**
- Nome de menino: **Santiago**
- Dia da semana: **domingo (e sábado, bom...)**
- Filme da Disney: *Valente* (e *Operação Babá*, *Matilda* e *Mogli*)
- Grupo musical: **Marama e 2NE1**
- Animal: **tartaruga**
- Uma pessoa especial: **meu irmão**
- Um lugar para o inverno: **as montanhas com neve**
- Um lugar para o verão: **a praia**
- Um medo: **escuridão e aranhas**
- Uma música: **toda a minha playlist? haha.**
- Um defeito: **rabugenta**
- Um hobby: **desenhar e pintar**
- Um número: **9**
- Uma frase: **nunca se dar por vencida. Com esforço, as coisas sempre vêm.**